LE RETOUR DU SOLDAT

REBECCA WEST

Le Retour du soldat

ROMAN TRADUIT DE L'ANGLAIS PAR SIMONE AROUS

GRASSET

Titre original :

THE RETURN OF THE SOLDIER

ISBN : 978-2-253-93874-3 – 1re publication LGF

I

« Oh, n'allez pas vous tracasser ! gémit Kitty. Comme si, en ce moment, une femme devait s'inquiéter parce que son mari ne lui a pas écrit depuis quinze jours ! De toute façon, s'il avait été en première ligne, là où on se bat vraiment, il aurait trouvé le moyen de me le faire savoir plutôt que se borner à me parler de "quelque part en France". Tout ira bien pour lui. »

Nous étions assises dans la nursery. Depuis la mort de l'enfant, je ne voulais plus y entrer, mais j'avais surpris Kitty alors qu'elle glissait la clé dans la serrure et je m'étais attardée pour revoir la chambre si familière, d'une intolérable gaieté, haute de plafond, toute de blanc et de tons pastel, que l'on avait conservée comme s'il y avait encore un enfant dans la maison. C'était la première belle journée de printemps. Le soleil se déversait, à travers les grandes fenêtres cintrées et les rideaux fleuris, avec une telle ardeur qu'autrefois un poing potelé se serait certainement levé pour montrer la splendeur transparente des boutons de rose ; il s'étalait en larges flaques sur le parquet de liège bleu et les tapis moelleux tissés de bêtes étranges ; il lançait ses rayons dansants, qui auraient été observés avec gravité pendant des heures, sur le blanc et le bleu délavé des murs. Il tomba sur le cheval à bascule dont Chris avait pensé que ce serait un cadeau approprié pour le premier anniversaire de son fils, et mit en valeur sa beauté et sa robe pommelée ; il glissa sur Mary et son petit agneau, sur l'ottomane en chintz. Et sur le manteau de la cheminée, juste au-dessous de la gravure chérie qui représentait un tigre feulant, se tenaient, dans des postures à la fois cassées et décontractées – comme s'ils étaient prêts à répondre au bon plaisir de leur maître, mais ne pouvaient s'empêcher de somnoler par cette douce température –, l'ours en peluche et le chimpanzé, le chien de laine blanche et le chat noir aux yeux articulés. Tout était là, sauf Oliver. Je m'éloignai. Je ne voulais pas espionner Kitty visitant son mort.

Mais elle m'appela.

« Venez donc, Jenny. Je vais faire sécher mes cheveux. »

Je remarquai alors ses cheveux dorés répandus sur ses épaules. Elle portait sur sa robe une liseuse en soie ornée de boutons de rose. Elle ressemblait tant à un mannequin sur la couverture d'un magazine qu'on s'attendait à trouver un grand « 7 pence » épinglé sur elle. Elle avait pris le fauteuil en rotin de la nurse, qui se trouvait près de la chaise d'enfant, et le poussait vers la fenêtre centrale.

« Je viens toujours ici lorsque Emery me lave les cheveux. C'est la pièce la plus ensoleillée de la maison. J'aurais aimé que Chris ne tienne pas à la conserver comme nursery alors qu'il n'y a aucune chance… »

Elle s'assit et exposa ses cheveux au soleil par-dessus le dossier du fauteuil. Elle me tendit sa brosse en écaille de tortue.

« Soyez gentille, brossez-moi bien les cheveux. Mais attention, l'écaille de tortue se casse facilement. »

Je pris la brosse, me tournai vers la fenêtre et, appuyant mon front contre la vitre, regardai distraitement le paysage. Vous connaissez très certainement la beauté de ce paysage. Après son mariage, Chris confia la reconstruction de Baldry Court à des architectes qui avaient plus l'œil méticuleux de la manucure que la vision sauvage de l'artiste. Ils arrivèrent à transformer la chère vieille demeure en une de ces maisons modèles pour journaux illustrés.

La maison se trouve au sommet de Harrow Weald. De ses fenêtres, le regard parcourt les vastes prairies émeraude humides et brillantes bordées à l'ouest par la ligne douce des collines que la distance et les arbres teintent de bleu. Plus près, il s'arrête sur l'agencement harmonieux de la pelouse, le cèdre du Liban dont les branches ont l'épaisseur des ténèbres, et sur la minceur menaçante des grands pins dans le bois qui s'étend, lacis de rameaux bruns et pourpres, depuis l'étang au pied de la colline.

Mais ce jour-là, cette beauté m'offensait car, comme la plupart des femmes anglaises de mon temps, je souhaitais le retour d'un soldat. Indifférente à l'intérêt national comme au reste, sauf aux élans passionnés du cœur de Kitty et du mien, je désirais arracher mon cousin Christopher à la guerre et l'enfermer à jamais dans cette splendeur verte que sa femme et moi contemplions. J'avais eu récemment des cauchemars. Je le voyais courir dans la nuit à travers la brune désolation du no man's land, trébucher soudain sur une main qui sortait du sol et faire un bond en arrière, sans même jeter un regard sur le spectacle affreux d'une tête qui n'avait pas été enterrée. Mon rêve se poursuivit, d'horreur en horreur, jusqu'au moment où je vis Chris plonger vers un abri – si c'en était un. J'avais vu, dans des films de guerre, des hommes se laisser glisser doucement vers le fond de la tranchée, mais seuls des esprits plutôt macabres diront qu'ils ont été sauvés par leur chute. Lorsque je m'éveillai enfin, je restai immobile et pensai aux histoires que racontent ces jeunes combattants, dont la voix énergique a perdu ses notes de gaieté. « Une nuit, nous étions tous dans une grange quand un obus nous est tombé dessus. Mon copain s'est mis à chanter : "Aide-moi, mon vieux, je n'ai pas de jambes !" et j'ai dû lui répondre : "Je ne peux pas, mon vieux, je n'ai pas de mains !" »

Ainsi sont les rêves des femmes anglaises, de nos jours ; je ne pouvais guère me plaindre. Mais je désirais le retour de notre soldat.

C'est pourquoi je dis : « J'espère que nous aurons des nouvelles de Chris. Cela fait quinze jours qu'il n'a pas écrit. »

Et c'est alors que Kitty gémit : « Oh, n'allez pas vous tracasser… » et se pencha vers son reflet dans le miroir à main comme l'on se penche au-dessus de fleurs odorantes pour se rafraîchir.

J'avais tenté de bâtir autour de moi, de Kitty, une petite bulle de bien-être et pensais à tout ce que nos vies avaient conservé d'agréable malgré le départ de Chris. Je suivis des yeux le mur du jardin, aux briques patinées, qui s'enfonçait sous les arbres. En aménageant ces jardins, aussi bien entretenus qu'une main de femme, qui s'avançaient sur le versant sud de la colline, Kitty et moi n'avions pas trahi ceux qui, par le passé, avaient construit la maison sur la côte ensoleillée, en surplomb d'un superbe paysage. Et nous avions fait beaucoup pour la maison.

Je pouvais laisser mon esprit se glisser, tel un chat qui ronronne, de chambre en chambre, en se frottant aux magnifiques et délicats objets que nous avions découverts chez des antiquaires ou dans des resserres obscures d'artisans, se réchauffer au contact des étoffes, pieusement choisies, aux couleurs aussi vives qu'un rayon de soleil. Même en cette période, où le luxe semblait inconvenant, je ne pensais à toute cette harmonie qu'avec fierté. J'étais sûre qu'on ne pouvait nous reprocher nos goûts de luxe car nous avions créé pour Chris un endroit merveilleux, un petit monde clos digne de lui et de ses exceptionnelles qualités.

Ici, nous avions cultivé son incomparable gentillesse, si coutumière qu'elle en devenait un de ses traits physiques et que l'on considérait tout mouvement de mauvaise humeur comme aussi catastrophique qu'une jambe cassée. Ici, nous lui avions rendu le bonheur inéluctable. Je pouvais fermer les yeux et penser aux innombrables preuves de notre succès, car jamais un homme ne fut si visiblement heureux ; il aimait s'attarder auprès de nous, le matin, alors que sa voiture l'attendait à la porte, moteur ronflant, et était ravi, quelle que soit la couleur que le temps lui donnait, de ce décor familier si chaleureux par les sombres jours d'hiver, ou de retrouver les refuges ombreux et humides de notre jardin par un été torride ; il nous souriait secrètement, lorsque nous donnions une grande réception, comme s'il savait que nous ne cesserions jamais de lui apporter notre réconfort ; et les preuves qu'il nous donna, ce matin-là, il y a juste un an, avant de partir pour le front…

Il s'était assis dans le petit salon, avait bavardé et regardé dehors vers la pelouse qui semblait déjà aussi triste qu'une scène désertée, bien qu'il fût encore avec nous ; puis il s'était levé brusquement pour se mettre à errer de pièce en pièce. Il alla voir les chevaux aux écuries et se fit amener les chiens ; il se retint de les caresser ou de leur parler comme si, déjà infecté par les miasmes de la guerre, il ne voulait pas les contaminer et leur faire perdre leur belle santé. Puis il se dirigea vers la lisière du bois et contempla les massifs de rhododendrons aux feuilles sombres, l'enchevêtrement jaune des fougères fanées et les arbres noircis par le froid de l'hiver. (C'est de cette même fenêtre que je l'avais observé.) Il revint à la maison avec un visage songeur et resta avec sa femme jusqu'à son départ. Je me tins avec Kitty en haut des marches pour voir sa voiture s'éloigner vers la gare de Waterloo.

Il nous embrassa toutes les deux. Lorsqu'il se pencha vers moi, je remarquai, comme il m'était arrivé de le faire, que ses cheveux étaient à la fois bruns et blonds. Puis il monta dans la voiture, prit une allure martiale et dit : « À bientôt ! Je vous écrirai de Berlin. » Il rejeta la tête en arrière et lança un long regard sur la haute maison. Je savais ce que ce regard signifiait. Chris aimait sa vie avec nous et voulait emporter, dans ce sinistre lieu de mort et de boue, l'image la plus complète de son foyer, qu'il pourrait évoquer dans les moments difficiles, comme un homme saisit une amulette à travers sa chemise. Cette maison, cette vie avec nous lui étaient essentielles.

« S'il pouvait revenir ! dis-je. Il était tellement heureux ici.

— Il ne pouvait pas être plus heureux », répondit Kitty.

Il importait qu'il fût heureux, voyez-vous, car il n'était pas vraiment comme les autres citadins. Quand, enfants, nous jouions dans les bois, il avait toujours cru que l'extraordinaire pouvait surgir à tout moment. Il pensait que le bouleau s'animerait et, se faisant tout petit, deviendrait une princesse enchantée, il pensait que lui-même était un Peau-Rouge et que son masque tomberait soudain au crépuscule, qu'un tigre aux crocs rouges surgirait des fougères. Ce n'était pas la fantaisie ordinaire d'un enfant. Son imagination l'avait convaincu que tout cela se produirait. Et mille signes, le droit regard clair qu'il portait parfois aux bonnes choses comme si elles allaient encore s'améliorer, sa façon passionnée d'aller vers de nouveaux pays ou de nouvelles rencontres, me prouvaient qu'il avait conservé, dans sa vie adulte, les mêmes croyances.

Il avait troqué son attente de métamorphose en Peau-Rouge contre le désir non moins mélancolique de se trouver totalement en harmonie avec la vie. Il espérait sans y croire qu'un jour il vivrait une expérience qui transformerait sa vie comme par alchimie, changeant en or le noir métal des événements. Cette révélation lui ferait alors aller son chemin, riche d'une joie que rien n'éteindrait.

Il avait, naturellement, peu de chances de la rencontrer. Sa vie, trop pleine, ne pouvait faire place à une révélation. À la mort de son père, il avait dû reprendre son affaire, alourdie par les besoins d'une famille où une foule de femmes se montraient aussi inutiles en crochetant des têtières, comme dans l'ancien temps, qu'en maniant des clubs de golf, selon les nouveaux usages.

Puis il avait connu Kitty qui, avec insouciance,

s'était chargée de lui faire revoir ses conceptions d'une économie normale, comme une femme glisse un nouveau gant sur sa main. Puis il avait dû réapprendre difficilement à vivre après la mort de son jeune fils. Il nous incombait, responsabilité qui nous donnait de la fierté, de compenser cette vie peu aventureuse en la rendant plaisante. Mais nous avions si brillamment réussi qu'à présent cette scène désertée nous semblait bien morne…

Nous n'étions sans doute pas des femmes particulièrement indignes car rien ne pouvait entrer dans nos vies avant d'avoir été soumis à Chris. Je me souviens d'avoir pensé, lorsque la femme de chambre nous tendit une carte de visite sur un plateau, combien importaient peu la visiteuse et le charme qu'elle pouvait avoir : Chris n'était pas là, avec le reflet du feu sur ses cheveux blonds, pour lui accorder cette attention désinvolte – pareille à celle que l'on prête à la bonne musique quand on la connaît mal – qu'un homme aux attachements profonds manifeste à l'égard d'une femme séduisante.

Kitty lut la carte. « Mrs William Grey, Mariposa, Ladysmith Road, Wealdstone. Je ne connais personne à Wealdstone. » C'est cette banlieue rougeâtre qui souille les champs à cinq kilomètres de Harrow Weald, en direction de Londres. On ne peut plus protéger son environnement comme on le faisait autrefois. « Est-ce que je la connais ? Est-elle déjà venue ?

— Oh, non, M'dame. » La femme de chambre

sourit d'un air dédaigneux. « Elle dit qu'elle vous apporte des nouvelles. »

Au ton de sa voix, on devinait qu'un visiteur misérable lui avait fait des confidences exagérées tout en usant du paillasson avec un peu trop de zèle.

Kitty réfléchit et dit : « Je vais descendre. » Lorsque la fille partit, elle prit sur ses genoux les épingles en ambre et commença à rouler ses cheveux sur sa tête. « La mode de l'année dernière, commenta-t-elle, mais je pense que cela sera assez bien pour une personne qui habite dans un tel endroit. » Elle se leva et jeta sa liseuse en soie sur le cheval à bascule. « Je vais la voir parce qu'elle a peut-être besoin de quelque chose, et je tiens particulièrement à être bonne avec les gens alors que Chris est au loin. Le ciel me le rendra. »

Elle fut un instant distante et radieuse, mais, lorsque nous nous prîmes par le bras et allâmes dans le couloir, elle arbora une moue dédaigneuse.

Elle se plaignit. « Ces gens qui viennent troubler une journée tranquille ! » Arrivée sur le palier, elle se pencha au-dessus de la balustrade blanche du grand escalier et lança un coup d'œil dans le hall. Elle pressa mon bras. « Regardez », murmura-t-elle.

Juste au-dessous de nous, une femme d'âge moyen était assise dans un des plus jolis fauteuils en chintz de Kitty. Elle portait un imperméable jaunâtre et un chapeau noir, garni de plumes, dont la paille poisseuse n'avait vu que très récemment une bouteille de détergent. Ses gants de fil noir roulés en boule sur ses genoux, elle avait relevé sa jupe d'alpaga au-dessus de ses bottes boueuses afin d'en brosser l'ourlet d'une main rouge et gercée qui parut encore plus horrible lorsqu'elle l'approcha des magnifiques fleurs de l'azalée rose posée sur la table à côté d'elle.

Kitty frissonna et marmonna : « Finissons-en. » Elle descendit l'escalier, s'arrêta sur la dernière marche et interrogea d'une voix d'une douceur étudiée :

« Mrs Grey ?

— Oui », répondit la visiteuse.

Elle leva vers Kitty un visage détendu, au teint jaune, dont l'expression m'émut et provoqua en moi un fort préjugé favorable ; il était extraordinaire de voir une femme au physique aussi ordinaire se réjouir autant de la beauté d'une autre.

« Vous êtes Mrs Baldry ? » demanda-t-elle comme si cela la rendait heureuse. Elle se leva.

Les baleines de son corset bon marché claquèrent lorsqu'elle bougea. Enfin, elle n'était pas si mal. Elle avait un corps élancé, bien tourné, avec de belles épaules larges. Ses cheveux blonds bouclaient timidement sur un joli front ; ses yeux gris, à l'expression lointaine – comme si ce qui, dans sa vie, avait mérité d'être regardé s'était évanoui – débordaient de tendresse ; bien qu'elle fût mince, quelque chose en elle évoquait la force tranquille du bœuf de labour ou du gros chien de chasse. Elle présentait cependant assez mal. Elle était répugnante de négligé et de pauvreté comme un joli gant tombé derrière un lit d'hôtel paraît répugnant au bout d'un jour ou deux lorsque la femme de chambre le ramasse au milieu des poussières et des moutons.

Elle nous lança, alors que nous nous asseyions :

« Ma gouvernante est la sœur de votre seconde femme de chambre. »

Nous fûmes désorientées.

« Vous êtes venue pour des références ?

— Oh, non ! Gladys est chez nous depuis déjà deux ans et j'en suis très contente. Je ne veux pas de références. » Elle suivait de son ongle la couture défaite de sa bourse en peau de porc sombre qui glissait sur ses genoux d'alpaga luisant. « Mais vous savez, les filles bavardent. On ne peut leur en faire le reproche… »

Elle parut tout à coup très embarrassée et se mit à regarder fixement l'azalée.

Kitty dit, avec la dureté d'une femme qui voit se dresser devant elle le fléau des existences féminines : une querelle de domestiques, que les commérages des servantes ne l'intéressaient pas.

« Oh, ce n'est pas ça. » Ses yeux se mouillèrent comme si nous avions manqué de gentillesse. « Je ne viens pas vous parler de commérages de servantes. J'ai juste mentionné Gladys – elle continuait de suivre la couture défaite de son sac – parce que c'est par elle que j'ai appris que vous ne saviez pas.

— Qu'est-ce que je ne sais pas ? »

Elle baissa légèrement la tête.

« À propos de Mr Baldry. Excusez-moi, je ne connais pas son grade.

— Capitaine Baldry, l'informa Kitty avec étonnement. Qu'est-ce que je ne sais pas à son propos ? »

Elle détourna son regard, vers la porte ouverte, les pins sombres, le pâle soleil de mars, et sembla déglutir.

« Enfin, qu'il a été touché, dit-elle doucement.

— Vous voulez dire blessé ? » demanda Kitty.

Les méchantes plumes de son chapeau se balancèrent lorsqu'elle secoua sa tête de perplexité.

« Oui, dit-elle, il est blessé. »

Les yeux brillants de Kitty rencontrèrent les miens, et nous eûmes cette mystérieuse réaction humaine qui nous fait sourire triomphalement au spectacle d'un congénère occupé à des bassesses. Car ces nouvelles étaient fausses. Nécessairement. Si Chris avait été blessé, le ministère de la Guerre nous aurait immédiatement télégraphié. Cela ressemblait à un gros titre dans un de ces journaux qui se nourrissent de faits divers : « Une femme de soldat victime d'une cruelle escroquerie. »

Elle allait nous dire qu'elle avait fait des dépenses pour venir nous apporter ces nouvelles, qu'elle était pauvre, et, au premier signe de générosité sur notre visage, nous aurions droit à une sombre histoire pleine d'images révoltantes : un mobilier de bois jaune qu'un propriétaire, bizarrement, veut faire saisir, un enfant pâle avec des pansements autour de la gorge…

Je détournai les yeux et essayai de ne lui prêter aucune attention. Cependant quelque chose dans le physique ingrat de cette femme nous empêchait de tomber dans le sordide. J'étais sûre que sans la tyrannique maigreur de l'horrible bourse en peau de porc lustrée qui tressautait sur ses genoux tremblants, cette pauvre créature poussée à bout aurait choisi les voies de la franchise et de la bonté. Curieusement, c'est seulement lorsque je vis Kitty, lumineusement belle, se pencher au-dessus de la misérable criminelle comme un splendide oiseau de proie sur l'insecte paralysé qu'il va avaler que je trouvai la scène avilissante.

Kitty, me sembla-t-il, abusait de son avantage.

« De quelle blessure s'agit-il ? » demanda-t-elle.

La femme se mit à dessiner un motif sur le tapis du bout usé de sa botte.

« Je ne sais pas comment le dire... Il n'est pas exactement blessé... Un éclat d'obus...

— Commotion ? » suggéra Kitty.

Elle répondit avec une volubilité et une humilité surprenantes, comme si elle nous offrait des termes sur lesquels elle avait réfléchi longtemps sans les comprendre, et qu'elle comptait sur nos intelligences supérieures. « Un traumatisme dû à l'explosion. » Devant nos visages impassibles, elle poursuivit faiblement : « En tout cas, il ne va pas bien. » Elle se remit à jouer avec sa bourse. Son visage était humide de sueur.

« Pas bien ? Est-il gravement malade ?

— Oh, non ! » Elle ne voulait pas nous inquiéter. « Pas gravement. »

Kitty laissa sans égard le silence s'installer. Notre

visiteuse ne put le supporter. Elle reprit d'une voix que la nervosité rendait rauque et hésitante :

« Il est au Queen Mary Hospital, à Boulogne. »

Nous nous tûmes. Elle rougit, s'agita sur son siège et, se penchant, farfouilla dessous à la recherche de son parapluie. La vue des surjets verts et du manche en simili-écaille de tortue écœura Kitty et la décida à parler.

« Comment savez-vous tout cela ? »

Leurs yeux se rencontrèrent. C'était là une question à laquelle la femme s'était visiblement préparée, et elle se leva en retenant sa respiration.

« Par un homme qui travaillait avec mon mari et se trouve dans le même régiment que Mr Baldry. » Sa voix se cassa piteusement et ses yeux implorèrent. « Laissons cela ! Laissons cela ! Si seulement vous saviez…

— De quel régiment s'agit-il ? » poursuivit Kitty.

Le pauvre visage jaunâtre luisait de transpiration.

« Quel est le nom de votre ami ? »

Mrs Grey quitta son siège si soudainement et si violemment que la bourse en peau de porc qui était sur ses genoux tomba à mes pieds. Je supposai qu'elle l'avait fait exprès – le vide de sa bourse était responsable de son humiliation – et que la scène se terminerait maintenant sur quelques larmes.

J'espérais que Kitty la laisserait aller sans trop chercher à l'effrayer et me permettrait de lui donner un peu d'argent. Je ne doutais pas que cette scène étrange et désagréable, cette femme se battant comme un animal maladroit contre une porte, pas assez intelligente pour simplement l'ouvrir, cette scène allait s'achever et être remplacée par quelque tableau plus plaisant où nous jouerions nos rôles, c'est-à-dire qu'impressionnée par notre grande âme, elle partirait honteuse.

Cependant, elle s'exclama : « Mais Chris est malade ! »

Il nous fallut un moment pour saisir toute l'insolence de son cri : la surprenante impertinence de l'emploi du prénom, l'accusation d'insensibilité qu'elle nous lançait, alors que notre passion pour Chris était notre point d'honneur, parce que nous ne nous étions pas émues à l'annonce de ses fausses nouvelles, l'impudence de son regard indigné, l'éclat de sa voix nous reprochant notre froideur et notre inconséquence.

Je repoussai le sac du pied et me mis à la haïr comme les riches haïssent les pauvres, comme on déteste les insectes qui grouillent hors des réduits où ils devraient rester et qui exposent la laideur à la lumière du jour. Kitty l'apostropha, d'une voix impitoyable :

« Vous êtes impertinente. Je sais exactement ce que vous faites. Vous avez lu dans le *Harrow Observer*, ou ailleurs, que mon mari est au front. Vous venez me raconter cette histoire parce que vous pensez que vous pourrez obtenir de l'argent. J'ai déjà vu des cas pareils dans les journaux. Vous oubliez que, si quelque chose était arrivé à mon mari, le ministère de la Guerre m'aurait prévenue. Vous devez vous estimer heureuse que je ne vous remette pas à la police.» Sa voix se fit un peu plus aiguë sur la fin. «Et maintenant, partez!

— Kitty!» l'implorai-je.

J'avais tellement honte qu'une telle scène éclate à propos de Chris et des dangers qu'il courait au front que j'avais envie d'aller dans le jardin attendre, assise au bord de l'étang, que la malheureuse reparte avec son déplorable parapluie, son inexcusable imperméable et sa pauvre escroquerie ratée. Mais Mrs Grey, qui avait, tel un enfant entêté, commencé à dire: «C'est *vous* qui êtes...», s'interrompit. Elle se rendait compte qu'elle n'avait pas de notes dures sur sa lyre et ne pouvait jouer de ces cordes comme d'autres trouvent aisé de le faire. Elle fixa sur moi un regard humide, clair, patient. C'est le privilège des animaux et de ceux qui sont d'origine paysanne. Qu'il appartienne à un réprouvé, à un vieux cheval passant son museau par-dessus la porte ou à une souillon dans un asile, ce regard arrache le cœur. Ou à cette femme... J'intervins et amenai Kitty à baisser le ton. («Il doit y avoir une erreur. Une confusion dans le nom, sans doute.»)

«Veuillez tout nous raconter, Mrs Grey.»

Mrs Grey fit un mouvement en avant comme pour une révérence. Elle se mit à ramper à la recherche de sa bourse. Lorsqu'elle se releva, son visage était rosi par l'effort et sa dignité allait à la dérive sur une mer de larmes à demi retenues.

« Je suis désolée de vous avoir ennuyées. Mais quand on sait une chose pareille, il n'est pas humain de la garder pour soi. Je le sais, je suis moi-même mariée. J'ai connu Mr Baldry il y a quinze ans », dit-elle. Par le ton de sa voix, elle avouait avoir pris une liberté. « C'était un bon ami de la famille. » Elle cherchait ainsi à atténuer la brutalité de son étonnante déclaration. Elle n'y parvint pas. « Nous nous sommes perdus de vue, depuis quinze ans. Je n'ai plus entendu parler de lui, ni pensé le revoir jusqu'à ce que je reçoive ceci, la semaine dernière. »

Elle ouvrit la bourse et prit un télégramme. Je sus brusquement que tout ce qu'elle avait dit était vrai ; c'était pour cette raison qu'elle se cramponnait à cette bourse.

« Il ne va pas bien ! Il ne va pas bien ! supplia-t-elle. Il a perdu la mémoire et pense… il pense qu'il me fréquente encore. »

Elle tendit le télégramme à Kitty qui le lut et le posa sur ses genoux.

« Vous voyez, dit Mrs Grey, il est adressé à Margaret Allington. C'est mon nom de jeune fille, je suis mariée depuis dix ans. Il a été envoyé à mon ancien domicile, Monkey Island à Bray. Mon père avait une auberge là-bas. Nous l'avons quittée il y a quinze ans. Je n'aurais jamais reçu ce télégramme si mon mari et moi n'y avions pas été récemment et appris aux gens qui ont repris l'auberge qui j'étais. »

Kitty reprit le télégramme et dit d'une petite voix :

« En voilà une bien bonne ! »

Une fois de plus, les yeux gris de la visiteuse se noyèrent de larmes. Les gens sont souvent grossiers, pensait-elle manifestement, mais certainement pas les gens bien comme ceux-là. Elle se contenta de rester assise.

« Dans ce télégramme, il n'est question ni de traumatisme ni d'explosion », argumenta Kitty.

Mrs Grey eut comme un frisson de timidité.

« Il y avait aussi une lettre. »

Kitty tendit la main.

« Oh, non ! Je ne peux pas faire ça, hoqueta-t-elle.

— Il me la faut », dit Kitty.

Les yeux de la visiteuse s'agrandirent. Elle se leva, puis plongea maladroitement vers son parapluie qui avait de nouveau glissé sous le siège.

« Je ne peux pas », s'écria-t-elle avant de se précipiter vers la porte ouverte comme un chien battu. Elle aurait dévalé les marches si une pensée généreuse ne l'avait arrêtée. Elle se tourna, confiante, vers moi et bégaya : « Il est à l'hôpital que j'ai dit », comme si, ne m'étant pas opposée directement à elle, je pouvais sauver les nouvelles qu'elle apportait de la débâcle générale. Mais la pâleur glacée de Kitty la toucha, et elle nous lança de loin : « Mais je vous dis que je ne l'ai pas revu depuis quinze ans. » Elle fit demi-tour, enfonça son chapeau sur sa tête et descendit les marches vers l'allée de gravier. Nous l'entendîmes sangloter : « Elles ne veulent pas comprendre. »

Pendant un moment, nous la vîmes s'éloigner dans l'allée, avec son horrible imperméable jaunâtre brillant sous les durs rayons de soleil, ses plumes noires se balançant comme les pins au-dessus, sa démarche alourdie par ses bottes grossières : une tache envahissante sur le tissu de nos vies. Lorsqu'elle commença à disparaître derrière le massif sombre des rhododendrons, Kitty se retourna et alla vers la cheminée. Elle posa ses bras sur le rebord de chêne et y enfouit son visage.

Lorsque je la rejoignis enfin, elle me dit :

« Est-ce que vous la croyez ? »

Je tressaillis. J'avais oublié que nous avions jamais douté d'elle.

« Oui.

— Qu'est-ce que cela peut signifier ? » Elle laissa tomber ses bras et me regarda d'un air suppliant. « Pensez. Pensez à ce que cela peut signifier qui ne soit pas détestable !

— Un vrai mystère », dis-je ; et j'ajoutai, doucement, parce qu'on ne peut guère rester fâché avec Kitty : « Que vous n'avez pas beaucoup aidé à éclaircir.

— Oh, je sais, vous pensez que j'ai été grossière, marmonna-t-elle avec irritation. Mais vous êtes si lente, vous ne voyez pas ce que cela veut dire. Ou bien Chris est fou, notre Chris, notre sain, notre magnifique Chris, brisé, détraqué… ne nous reconnaissant plus. Je ne peux en supporter la pensée. Ce ne peut être vrai. Ou bien… Jenny, rien, dans ce télégramme, ne dit qu'il a perdu la mémoire. Il y a juste des marques d'affection – un nom qui aurait pu être un diminutif –, des choses ordinaires que l'on met dans un télégramme. Il est étrange qu'il ait envoyé un tel message, étrange qu'il ne m'ait pas dit la connaître, étrange même qu'il ait jamais rencontré une telle femme. Cela veut dire qu'il y a des choses de lui que nous ignorons. Des choses peut-être affreuses. C'est comme un abus de confiance, et j'en souffre. »

J'étais consternée par cette attitude raide et digne qui semblait arracher l'âme de Chris à son corps. Elle était blessée, bien sûr. Mais il y a des façons de manifester sa souffrance.

« Mais Chris est malade », dis-je.

Elle me regarda.

« Vous répétez ce qu'elle a dit. »

Je ne voyais pas d'autres mots que ceux que Mrs Grey avait utilisés. J'insistai : « Mais il est malade. »

Elle reposa son visage sur ses bras. « Cela importe-t-il ? dit-elle. S'il a pu envoyer ce télégramme, il… » Elle s'arrêta, respira profondément et continua avec ce plaisir malsain qu'ont parfois les gens malheureux à se montrer désagréables : « S'il a pu envoyer ce télégramme, ce n'est plus notre Chris. »

II

Le lendemain matin, je regrettai que le courrier arrive trop tard à Harrow Weald pour qu'on puisse nous le monter dans nos chambres avec le premier thé. Je le trouvai à la table du petit déjeuner et dus, sous le regard aigu de Kitty, ouvrir une lettre qui portait le timbre de Boulogne. Elle était écrite de la main du cousin de Chris, Frank Baldry, un homme d'Église.

« Chère Jenny, commençait-elle. J'ai le regret de vous apprendre que le pauvre Chris a été blessé. Il souffre d'un traumatisme dû à un éclat d'obus et, bien que physiquement indemne, il se trouve en vérité dans un état bien étrange. J'ai reçu jeudi un télégramme de lui me disant qu'il était dans un hôpital à deux kilomètres de Boulogne et qu'il désirait me voir. Le télégramme ne m'a pas été envoyé directement, mais à Ollenshaws, bien que j'aie quitté la cure d'Ollenshaws pour Pentmouth il y a presque quinze ans. Heureusement, Sumpter est encore là-bas et me l'a fait suivre. J'ai embarqué le soir même et vous ai cherchées, Kitty et vous, sur le bateau où je pensais vous voir. Mais vous n'y étiez pas. J'ai trouvé l'hôpital installé par la Croix-Rouge dans une école de filles. La Croix-Rouge est partout ici.

« J'ai découvert Chris avec trois autres officiers dans une belle chambre exposée au sud, qui m'a paru très convenable. Il allait mieux que je ne le craignais, mais ne semblait pas tout à fait lui-même, car il m'a accueilli avec un enthousiasme un peu tapageur. Il paraissait heureux de me voir. Il me dit ne pas se souvenir du tout du choc qu'il avait reçu, mais qu'il désirait retourner à Harrow Weald. Il me parla des bois et de l'étang sur les hauteurs, d'une façon sentimentale mais pas trop excentrique. Il voulait savoir s'il y avait déjà des jonquilles et quand on lui permettrait de voyager car il sentait qu'il irait mieux dès qu'on l'autoriserait à rentrer chez lui. Puis il resta silencieux pendant un moment comme s'il se retenait de dire quelque chose. Et quand il commença enfin à parler, je fus stupéfait.

« Je vais essayer de vous expliquer les choses autant que possible dans l'ordre. Il m'informa – avec le comportement juvénile qui devait être le sien il y a une quinzaine d'années – qu'il était amoureux d'une jeune fille prénommée Margaret, dont le père tient une auberge à Monkey Island, une île sur la Tamise, à Bray. Cela m'a coupé le souffle. "Depuis combien de temps est-ce que cela dure ?" Il rit de ma surprise. “Depuis que j’ai eu mon diplôme et que j’ai été vivre avec l’oncle Ambrose à Dorney.” Il y a de cela quinze ans ! Je le regardai fixement, incapable de croire à cet aveu brutal d’une faute qui dure depuis tant d’années, lorsqu’il me dit que, bien qu’elle lui ait envoyé un télégramme en réponse à celui qu’il lui avait adressé, elle ne parlait pas de venir le voir. “Voilà, dit-il presque calmement, je sais que le vieux Allington a eu une mauvaise saison – oh, je suis assez au courant des affaires d’hôtellerie en ce moment – et je pense que c’est peut-être le manque d’argent qui l’empêche de venir. J’ai perdu mon carnet de chèques quelque part dans la mêlée et je me demande si tu pourrais lui envoyer un peu d’argent. Ou mieux que ça. C’est une fille de la campagne simple et timide, tu pourrais aller la chercher.”

« Je le regardai. “Chris, dis-je. Je sais que la guerre pousse beaucoup d’entre nous à certaines libertés, et personne ne peut avoir l’esprit plus large que moi. Mais il y a des limites. Lorsque tu en arrives à me demander de retourner en Angleterre chercher une femme…” Il se moqua en me disant que nous autres prêtres nous entêtions à garder une mentalité du XVIIIe siècle et avions l’esprit enflammé par des visions de fils de châtelains séduisant des paysannes. Il avait l’intention d’épouser cette Margaret Allington. “Ah, vraiment ! dis-je. Et puis-je te demander ce que pensera Kitty de cet arrangement ?
— Qui diable est Kitty ? interrogea-t-il, sans avoir l’air de comprendre. — “Kitty est ta femme”, dis-je

calmement, mais fermement. Il s'assit et s'exclama : "Je ne suis pas marié. Est-ce qu'une femme s'est amenée en racontant une impossible histoire de mariage ? Parce que c'est un sacré mensonge !"

« Je décidai de faire preuve de bon sens. "Chris, dis-je, tu as visiblement perdu la mémoire. Tu as épousé Kitty Ellis, à l'église Saint-George, dans Hanover Square, le 3, ou peut-être le 4, – tu sais que je n'ai pas la mémoire des dates – février 1906." Il pâlit et me demanda quelle année nous étions. "1916." Il s'effondra et perdit connaissance. L'infirmière vint et me dit que j'avais bien fait. Elle, au moins, semblait penser qu'un choc lui serait bénéfique, mais le docteur (un homme très gentil, qui a fait ses études à Winchester et à New College) me dit ne rien savoir des hallucinations de Chris.

« Une heure plus tard, on me rappela dans la chambre. Chris se regardait dans un miroir à main, qu'il lança au sol lorsque j'entrai. "Tu as raison, me dit-il. Je n'ai pas vingt et un ans, mais trente-six !" Il me dit qu'il se sentait seul, qu'il avait peur et que je devais ramener immédiatement Margaret Allington ou qu'il mourrait. Soudain il se calma et me demanda : "Est-ce que Père va bien ?" Je priai Dieu et répondis : "Ton père a disparu il y a douze ans. — Bon Dieu, tu ne veux pas dire qu'il est *mort*", me dit-il, puis il se rejeta sur le lit et me tourna le dos. Je n'avais jamais vu auparavant un homme fort sangloter et c'est, en vérité, une chose terrible. Il se lamenta longuement et se mit à appeler cette Margaret. Puis il se retourna vers moi et me dit : "Maintenant, parle-moi de cette Kitty que j'ai épousée." Je lui racontai que c'était une très jolie petite femme, avec une voix exquise de soprano. De fort méchante humeur, il me déclara : "Je n'aime pas les petites femmes et je déteste toute personne, homme ou femme, qui chante. Dieu que je n'aime pas cette Kitty ! Qu'on l'emmène." Puis il se remit à délirer à propos de cette femme. Il dit qu'il se consumait, corps et âme, de désir pour elle et qu'il ne pourrait trouver de repos tant qu'il ne la tiendrait pas dans ses bras. J'ignorais cet aspect de Chris, et c'est presque avec soulagement que je le vis s'évanouir encore.

« Je l'ai revu depuis, et c'est le soir. Mais j'ai eu une longue conversation avec le médecin qui est parvenu à la conviction que Chris a tout oublié de ces quinze dernières années. Bien que cela risque d'être une épreuve pénible pour nous, il pense que Chris, puisqu'il en manifeste le désir, doit être ramené à Harrow Weald et me demande de prendre toutes les dispositions pour le faire dès la semaine prochaine. J'espère être soutenu dans cette entreprise difficile. Entre-temps, je compte sur vous pour préparer Kitty au terrible choc. Vous saurez le faire bien mieux que moi. J'aimerais qu'on puisse lui épargner cette épreuve, mais, comme il revient et qu'il ne pourra dissimuler le fait qu'il ne se souvient plus d'elle – car, j'en suis sûr, il ne joue pas la comédie, son amnésie est réelle –, il faudra qu'elle comprenne. J'espère qu'elle aura assez de force pour surmonter cette terrible épreuve, et si je puis lui être d'une aide quelconque, nul n'en sera plus heureux que moi. Dites-moi si je peux venir maintenant, ou plus tard, pour lui parler ou vous aider, dans la mesure de mes moyens, lorsqu'il arrivera. Vous savez à quel point ce vieux Chris m'a toujours été cher. Vôtre, Frank. »

Kitty marmonna par-dessus mon épaule : « Dire qu'il a toujours prétendu aimer m'entendre chanter… » Puis elle m'agrippa le bras et, violente, possessive, s'exclama : « Ramenez-le à la maison ! Ramenez-le à la maison ! »

Ainsi, une semaine plus tard, on ramena Chris chez lui.

Ce jour-là, dès le matin, une atmosphère de veille d'obsèques envahit la maison ; bien que tout le nécessaire ait été fait, nous ne pouvions entreprendre aucune autre activité. Nous attendions Chris vers une heure, mais un télégramme nous prévint qu'il serait retardé et arriverait en fin d'après-midi. Kitty, dont le chagrin avait altéré la beauté – tout comme une rose au clair de lune ne ressemble plus à la rose du jour –, m'entraîna, après le déjeuner, vers les serres et eut une discussion hargneuse et compétente avec Pipe, le jardinier, à propos des légumes de l'année. Après qu'elle eut dit des choses aussi scandaleuses – en matière d'horticulture – que : « Je sais que la Queen Mary est prolifique, mais elle n'est pas douce», elle me tira par la main et nous retournâmes à la maison, avec un long après-midi devant nous. Kitty se mit au piano dans le salon, et la maison résonna des notes désolées d'un divertissement joué distraitement, tandis que je m'installais dans le hall pour écrire des lettres. Je constatai à quel point la musique de danse semblait triste depuis le début de la guerre. Ce fut alors qu'elle entreprit un raid sauvage sur les domestiques et se plaignit de leur inefficacité. Elle fit pleurer les servantes parce que les poignées en cuivre des buffets n'étaient pas assez astiquées et qu'il n'y avait plus qu'une chance sur cent, au lieu d'une sur dix, pour que l'on se casse une jambe en glissant sur le parquet. Après elle prit son thé et détesta les biscuits. Ce n'était plus qu'une pauvre petite chose, ramassée dans son fauteuil loin de la lumière, lorsque, à la nuit tombante, la grosse voiture se montra au bout de l'allée.

Nous nous levâmes. Dominant les bruits du moteur, la forte voix mâle de Chris se fit entendre, avec, comme toujours, quelque chose de l'aboiement d'un grand chien. *« Merci, je peux me débrouiller… »* J'entendis son pas sonner sur la pierre et en fus presque étonnée. J'avais ressenti son absence comme une espèce de mort dont il émergerait aussi impalpable qu'un fantôme. Puis il apparut dans l'encadrement de la porte, l'obscurité l'enveloppant comme une fourrure, la faible lumière des bougies jouant sur la pâleur de son visage. Il ne me vit pas plus, dans ma robe noire, qu'il ne vit Kitty pelotonnée dans son coin. Avec le sourire de somnambule de celui qui retourne dans un endroit cher et familier pour se reposer, il traversa le hall et jeta son stick et sa casquette sur la table en chêne près du chandelier. Il palpa des deux mains le vieux bois et se mit à fredonner joyeusement entre ses dents.

Je poussai un cri car je vis qu'au brun et à l'or de ses cheveux s'était mêlé de l'argent.

Il tourna vivement la tête et me découvrit dans l'ombre.

« Bonjour, Jenny ! dit-il en saisissant mes mains.

— Oh, Chris, je suis tellement heureuse », bégayai-je – et je ne pus dire plus, soudain honteuse de ne plus avoir vingt ans mais trente-cinq, car il stoppa son élan et ses yeux se durcirent comme s'il était déçu que je participe à cette conspiration qui refusait de reconnaître sa jeunesse.

Il annonça : « J'ai abandonné Frank en ville. Une humeur de convalescent. » Il aurait pu aussi bien dire : « J'ai abandonné Frank, qui est devenu vieux, comme vous... »

« Chris, continuai-je. C'est merveilleux de te savoir sauvé...

— Sauvé », répéta-t-il. Il soupira profondément et continua à tenir mes mains. Il y eut comme un froissement dans l'ombre, et il les lâcha.

Le visage qui se dessina dans l'obscurité était très blanc, la lèvre supérieure découvrant les dents dans une grimace de détresse. Et il devint évident, comme s'il l'avait crié, que ce masque tragique n'évoquait rien pour lui. Il savait, non par le souvenir des mouvements du cœur de Kitty, mais parce que sa gentillesse instinctive l'avait rendu sensible à toutes les souffrances, qu'il la blesserait en lui demandant si elle était sa femme. Pourtant, involontairement, il amorça un geste interrogatif et le retint lorsqu'il se rendit compte que cela lui ferait mal. Il resta devant elle, légèrement penché comme s'il était mutilé, soudain muet.

« Je suis votre femme. » On devinait derrière ces mots une colère sourde et plaintive.

« Kitty », dit-il doucement, gentiment. Il chercha quelque amabilité qui lui rendrait la scène moins pénible, et se pencha vers elle pour l'embrasser. Mais il ne put le faire. La pensée d'une autre femme faisait bouillonner son sang et lui coupait le souffle.

Par bravade, comme un enfant dit : « Si tu le prends comme ça, moi, je n'en veux plus », Kitty s'éloigna de la caresse interrompue. Il la vit s'enfoncer dans l'ombre, symbole de cette nouvelle vie qui le déconcertait et l'oppressait. Dehors, la nuit était pleine du bruit, pareil à celui des vagues, que nous entendions toujours les soirs de mauvais temps. Il sourit, le regard lointain. « Ici… dans cette vieille maison… on entend le vent dans les pins… »

Elle annonça, du fond de la pièce, d'une voix forte comme si elle parlait à quelqu'un derrière une porte fermée : « J'ai commandé le dîner pour sept heures. J'ai pensé que vous aviez dû manquer un ou deux repas. Ou aimeriez vous coucher tôt. » Elle le dit vivement, la tête légèrement penchée sur le côté à la façon d'un oiseau. Elle semblait attendre qu'il apprécie le fait qu'elle se soit préoccupée de son dîner et de son confort.

« Parfait, dit-il. Je ferais bien de m'habiller maintenant, n'est-ce pas ? » Il regarda l'escalier et se serait élancé si je ne l'avais retenu. Car la petite chambre, dans l'aile sud, avec les cannes à pêche et les vieux livres, avait disparu lors du nouvel aménagement, absorbée par la magnifique chambre à coucher noir et blanc de Kitty.

« Je vais vous montrer. » Kitty intervint avec efficacité. Elle le saisit par la manche de son manteau, et ils commencèrent à monter ensemble l'escalier. Elle prit soudain conscience du monde qui les séparait ; elle leva les bras comme si elle se débattait dans le brouillard et resta en arrière. Lorsqu'il arriva en haut de l'escalier, elle était à mi-chemin, les poings crispés sous le menton. Mais il ne la voyait pas. Il regardait le corridor et s'interrogeait. « Cette maison est différente. » Si une âme devait rester prisonnière dans un cercueil jusqu'à ce qu'on brise le couvercle, elle parlerait sûrement avec cette voix-là.

Courageusement, elle essaya de rire. « C'est fou ce que vous avez oublié. » Elle courut vers lui, dans un tintement de clés, en bonne maîtresse de maison, tandis que je restais seule dans l'ombre au milieu des choses familières. Du jardin, l'air du crépuscule, frais et humide, nous envahissait comme pour éteindre le feu de la confusion dans notre foyer, et les meubles, dont le vieux bois poli reluisait doucement dans le clair-obscur, donnaient l'impression de tout savoir. L'étrangeté s'était introduite dans la maison, et même le temps en était affligé. Les minutes se traînaient. Il me sembla, une demi-heure plus tard, que j'étais restée un temps infini dans le salon, me souvenant que jadis nous ne tirions jamais les rideaux dans cette pièce, car la vieille Mrs Baldry aimait à regarder la nuit se former comme une mare au creux de la vallée tandis que le jour s'attardait en une traînée blanche au-dessus des collines lointaines. Je craignais que les lourds stores bleus, pareils à des linceuls, qui dissimulaient les neuf fenêtres car un zeppelin cliquetant comme un squelette s'égarait parfois dans le ciel au-dessus de nous, ne fissent davantage ressembler cette maison à une prison.

J'essayai d'en parler à Kitty quand elle entra, mais elle resta à distance, préoccupée. Je ne dis mot et vis qu'elle s'était habillée comme une mariée. Elle portait une robe en satin blanc brodé semblable à celle de son mariage, dix ans auparavant, et, comme ce jour-là, ses cheveux étaient roulés en chignon bas sur sa nuque. Elle avait des perles autour du cou et sa rivière de diamants ressortait crûment sur sa petite poitrine blanche; elle tenait un ouvrage d'aiguille et je remarquai que sa main droite était surchargée de bagues alors que la gauche ne portait que l'alliance. Elle laissa tomber son fardeau de flanelle sur la table de travail et s'assit dans un fauteuil près de la cheminée en étalant ses jupes. La lèvre inférieure ourlée comme si elle étudiait un menu, elle baissa la tête et s'examina. Elle fronça les sourcils en constatant que le feu jouait de reflets rouges sur sa robe et que sa peau resplendissait comme une rose, et elle alla s'installer dans un fauteuil à haut dossier, sous la lumière pâle d'une applique murale. Sur sa robe maintenant se dessinaient les reflets du vert des rideaux à proximité, comme des incrustations dans de la glace. Elle semblait aussi froide qu'un rayon de lune, virginale et précieuse ; la clarté de la chandelle qui tombait sur ses cheveux les faisait paraître d'or pur. Elle se mit à l'attendre.

Il y eut soudain un bruit sourd près de la porte. Nous entendîmes Chris trébucher et jurer, tandis qu'une des servantes venait à son aide. Kitty fronça les sourcils, elle détestait la maladresse et le moindre faux pas lui était insupportable. « Il a manqué les trois marches dans le hall, murmurai-je. Elles sont récentes… » Elle ne m'écouta pas, occupée à conserver son apparence de virginité sereine sur laquelle se poserait son regard lorsqu'il entrerait dans la pièce.

Sa chute l'avait ébouriffé. Il paraissait grand et rouge. Il respirait bruyamment comme un animal traqué hors de son territoire. Il était conscient du désordre de sa tenue, et la vue de Kitty, éblouissante comme la neige, son visage, ses mains, sa poitrine, l'écrin de sa robe, la radieuse couronne d'or de ses cheveux, le feu blanc des bijoux, le rasséréna. Elle resta immobile un instant pour qu'il pût l'apprécier.

Puis elle porta sa main chargée de bagues à ses colliers.

« C'est bien étrange que vous ne vous souveniez pas de moi, dit-elle. Vous m'avez offert tout ceci. »

Il répondit aimablement : « Je suis heureux de l'avoir fait. Ils vous mettent en valeur. » Mais tandis qu'il parlait, son regard dériva vers les coins sombres de la pièce. Il pensait à une autre femme, à une autre beauté.

Kitty leva les mains, comme pour défendre ses bijoux.

Le silence fut rompu par l'annonce du dîner et nous allâmes dans la salle à manger. À Baldry Court, on a coutume d'allumer la lumière électrique uniquement lorsqu'il y a du travail à faire ou pour une grande réception, et de manger et bavarder à la douce clarté de nombreuses chandelles. Ce soir-là, nous préférâmes les chandelles et nous assîmes à table, le visage voilé par la pénombre, pour écouter avec un plaisir paisible notre homme qui était revenu. Cependant, tout au long du repas, je fus souvent près de pleurer car chaque fois qu'il ne se croyait pas observé, il regardait les choses qui lui étaient familières. Baissant la tête, il examinait furtivement les lambris de vieux chêne ; ou alors, laissant courir ses doigts comme si la vue seule n'était pas assez intime, il se saisissait d'objets proches, reconnaissait la salière et caressait les bras de son fauteuil en se souvenant de leur poli noir. Ses gestes furtifs étaient déchirants, comme s'il avait été un proscrit et nous, qui l'aimions, de solides policiers. Fallait-il que Baldry Court fût si policé qu'un homme malheureux s'y sente comme un malfaiteur ? Cela signifierait que nous y vivions de façon atroce, et lui aussi. Alors que ses doigts se promenaient, il fit un effort pour bavarder à propos de tout et de rien ; il parla des poneys sur lesquels on nous avait attachés lorsque, vers l'âge de cinq ans, on nous initia à la chasse ; des cygnes que nous voulions installer dans l'étang au-dessus du bois – nous avions insisté pour les avoir mais leurs becs jaunes nous mirent en fuite – et de tout ce qui, dans la douce campagne anglaise, rend la vie si secrètement aventureuse. « C'est bizarre, dit-il. Pendant tout le temps où j'étais à Boulogne, j'avais envie de voir un martin-pêcheur. Cet éclair bleu au-dessus du courant. Ou le vol d'un héron près d'un saule… » Il s'interrompit soudain et laissa retomber sa tête sur sa poitrine. « Vous n'avez pas de hérons ici, bien sûr », reprit-il tristement en tripotant à nouveau le bras de son fauteuil. Puis, se redressant, il passa à un autre sujet. « Est-ce qu'ils ont encore des ennuis avec les renards, à Steppy End ? »

Kitty secoua la tête. « Je ne sais pas…

— Griffiths doit le savoir. » Chris se retourna avec animation pour interroger le maître d'hôtel et découvrit un homme osseux alors que Griffiths était tout de rondeur, brun alors que Griffiths arborait des taches de rousseur, un étranger alors que Griffiths faisait partie de la maison, en était un élément essentiel. Il se retourna comme si son cœur s'était arrêté.

Lorsque celui qui n'était pas Griffiths quitta la pièce, Chris demanda d'un air bourru :

« C'est idiot de ma part, je sais, mais où est Griffiths ?

— Mort il y a sept ans », dit Kitty, les yeux baissés vers son couvert.

Il soupira profondément et frissonna. « J'en suis désolé. C'était un brave homme. »

Je m'éclaircis la gorge. « Il y a des gens nouveaux ici, Chris, mais ils t'aiment autant que les anciens. »

Il se força à nous sourire et lança gaiement : « Comme si ce soir je ne le savais pas ! »

Mais il ne le savait pas. Il ne me faisait pas plus confiance parce que son amie avait été Jenny la jeune fille, et non Jenny la femme. Tous ceux qui habitaient cette portion du temps étaient ses ennemis, tous les événements des barreaux de sa prison. Lorsque nous retournâmes dans le salon, c'est d'un geste plein de suspicion qu'il ramassa l'ouvrage de Kitty sur la table de travail.

« À qui est-ce ? » demanda-t-il avec curiosité ; sa mère avait toujours préféré les grandes chevauchées aux travaux d'aiguille.

« Ce sont des vêtements pour l'un de nos paysans, répondit Kitty, le souffle court. Nous… nous avons un tas de responsabilités, vous et moi. Avec toute la terre que vous avez achetée, nous devons prendre soin de tant de gens… »

Il secoua les épaules, mal à l'aise, comme s'il portait un joug, et, après avoir pris son café, il tira l'un des stores et se mit à arpenter le trottoir dallé devant les fenêtres. Kitty se réfugia près du feu, le visage enfoui dans les mains, sans plus se préoccuper des reflets rouges qui lui faisaient perdre son aspect virginal de jeune mariée. Elle me semblait bien trop bouleversée pour tirer des plans. Je me mis au piano. Par cette soirée où des mots n'étaient pas prononcés parce qu'ils faisaient mal, où la vie ordinaire se fondait dans les larmes, les accords de Beethoven s'égrenaient, sereins.

« Ça vous ressemble tant, Jenny, dit brusquement Kitty, jouer du Beethoven alors que c'est la guerre qui est responsable de tout ceci. J'aurais pu jurer que vous alliez choisir de la musique allemande, cette nuit entre toutes les nuits. »

J'entamai donc une sarabande de Purcell, quelque chose de joyeux qui évoquait une femme bien en chair, bruyante, dansant sur un parquet couvert de sciure dans une vieille auberge, avec des tonneaux de bonne bière tout autour d'elle, et dehors des chemins ensoleillés fleuris d'aubépines. Je me demandai, en jouant, si la vie était la même quand Purcell écrivait cette musique où on ne trouvait que du rire, des désirs et des joies simples, et peut-être la souffrance d'un amour non partagé. Pourquoi la vie moderne a-t-elle entraîné de telles horreurs qui font que les vieilles tragédies ressemblent désormais à des saynètes ? Peut-être des hommes entreprenants ont-ils trop modifié la nature, d'où naît la vie ? Il y a maintenant des villes, et même les arbres et les fleurs ne sont plus ce qu'ils étaient ; les crocus, dont les feuilles effilées paraissaient blanches dans le large rayon de lumière que la fenêtre ouverte par Chris déversait sur la pelouse, auraient dû percer le gazon d'une falaise, en Méditerranée ; et là-bas, le mélèze doré aurait dû allonger son ombre sur de petits hommes jaunes dans une plaine chinoise. Le ciel aussi est différent. Derrière la tête de Chris, qui s'était arrêté près de la fenêtre ouverte, un projecteur balayait la nuit comme une épée brandie au milieu des étoiles.

« Kitty.

— Oui, Chris. » Elle était douce, docile, attentive.

« Je sais que ma conduite va vous sembler inconvenante et insultante. » Il saisit les montants de la fenêtre, tandis que derrière lui le projecteur continuait à tourner. « Mais si je ne vois pas Margaret Allington, je mourrai. »

Kitty porta les mains à ses bijoux et incrusta les globes frais des perles dans sa chair. « Elle vit près d'ici, dit-elle avec une certaine aisance. J'enverrai demain la voiture la chercher. Vous pourrez la voir autant que vous le voudrez. »

Il laissa retomber ses bras. « Merci, murmura-t-il. Vous êtes tous tellement gentils… » et il se réfugia dans la nuit.

Je fus surprise par l'acte généreux de Kitty, et encore plus de constater qu'il l'avait enlaidie. Ses yeux lançaient des éclairs lorsqu'ils rencontrèrent les miens. « Cette gueuse, dit-elle en baissant la voix pour que Chris, qui allait et venait devant la fenêtre, ne l'entende pas. Cette gueuse ! »

Que notre Kitty, pour qui l'élégance est la règle de vie, en oublie soudain d'être belle et aimable, m'émut tant que j'allai vers elle et l'embrassai.

« Ma chérie, vous vous y prenez mal, dis-je. Chris est malade...

— Il va assez bien pour se souvenir d'elle », répondit-elle d'un ton sans réplique.

Elle tapa le sol de son talon argenté et pinça les lèvres pendant un moment. « Après tout, je suppose que je peux m'en faire une raison. Comme d'autres femmes. Teddy Rex entretient une danseuse, et Mrs Rex n'a plus qu'à faire contre mauvaise fortune bon cœur. »

Devant mon silence, elle haussa les épaules d'un air interrogatif.

« Qu'est-ce donc, selon vous ? Ça veut dire que Chris est un homme comme les autres. Mais je pensais que toutes les femmes de mauvaise vie étaient belles. Je suppose qu'il a eu tant de jolies femmes autour de lui qu'une laide le change...

— Kitty, Kitty, comment pouvez-vous dire de telles choses ? »

Mais sa jolie petite bouche rose continua à débiter des méchancetés. « C'est de la comédie, dit-elle à la fin d'une phrase inexcusable. Il fait semblant... » Les mots me manquaient – moi qui avais, tout au long de la soirée, ressenti l'angoisse de Chris comme une blessure dans mon propre corps – et peu m'importaient les moyens, il fallait que je l'arrête. Je saisis ses frêles épaules de mes grandes mains et la secouai tant que ses bijoux s'entrechoquèrent. Elle me griffa les doigts et chercha à reprendre son souffle. Je n'en avais cure, il fallait qu'elle se taise.

Chris appela dans l'obscurité. « Jenny ! »

Je la laissai aller. Il entra et vint vers nous en passant la main dans ses cheveux d'un air malheureux. « Comportons-nous décemment, dit-il avec force. Tout est si compliqué, si pénible, pour nous tous… »

Kitty remit de l'ordre dans sa tenue et se leva. « Pourquoi ne dites-vous pas : “Jenny, tu ne dois pas être grossière avec nos invités” ? C'est ce que vous ressentez, je le sais. » Elle ramassa son ouvrage. « Je vais me coucher. La soirée a été affreuse. »

Elle parla d'une façon si touchante, comme un enfant qui ne s'est pas amusé à la fête autant qu'il l'espérait, que tous les deux nous ressentîmes pour elle un élan de tendresse quand elle quitta la pièce. Nous nous sourîmes tristement en nous asseyant près du feu. Et je me rendis compte – peut-être parce que mon visage s'était empourpré et que je paraissais plus jeune – qu'il se sentait plus proche de moi qu'il ne l'avait été depuis son retour. Un silence amical et chaleureux s'installa. Chris était comme un malade quand des visiteurs fatigants s'en vont et l'abandonnent enfin, souriant, les paupières baissées, à son infirmière dévouée. Il me fit l'immense faveur de l'indifférence. Il se laissa aller dans son fauteuil, le corps décontracté. Je le surveillai avec attention, prête à cet instant où des pensées envahiraient ses rêveries et où son visage s'animerait.

« Tu ne te souviens pas du tout d'elle ? demandai-je.

— Oh, oui, dit-il, sans ouvrir les yeux. D'une certaine manière. Je sais comment elle salue quand on la rencontre dans la rue, comment elle s'habille quand elle va à l'église. Je la connais comme on connaît une femme qui habite dans le même hôtel. C'est tout.

— C'est triste que tu ne te souviennes pas de Kitty. Elle a été pour toi tout ce qu'une femme doit être. »

Il se rapprocha du feu, chauffant ses paumes à la flamme, et rentra les épaules comme pour se protéger d'un courant d'air. Son silence me força à le regarder. Ses yeux étaient fixés sur moi, froids, incrédules, effrayés.

« Jenny, est-ce que c'est vrai ?

— Que Kitty a été une bonne épouse ?

— Que Kitty est ma femme. Que je suis vieux. Que... (il montra de la main la pièce transformée)... tout ceci.

— Tout est vrai. Kitty est ta femme et cette maison a été aménagée – et c'est mieux et bien plus joli comme ça, crois-moi – et quinze années ont passé. Enfin, Chris, ne vois-tu pas que j'ai vieilli ? » Mon amour-propre supporta difficilement le long regard qu'il me lança, et je gardai les doigts crispés sur mes genoux. « Tu vois ? »

Il acquiesça d'un murmure et se retourna. Mais je vis que très profondément – aucune preuve matérielle ne viendrait l'ébranler – son esprit restait incrédule.

« Dis-moi ce qui te semble réel, suppliai-je. Chris, sois chic – je ne répéterai pas…

— Mmm », dit-il. Il posa les coudes sur ses genoux et passa la main dans son épaisse chevelure désormais terne ; je ne pouvais pas voir son visage, mais je savais qu'il était congestionné et ses yeux gris brillants et embués de larmes. Puis, brusquement, il releva le menton et se mit à rire comme un nageur heureux émergeant de la vague qui le ramène près du rivage. Il irradiait un bonheur tel que mon sang bouillonna et, me frottant les mains, je me mis à rire également. « Enfin, Monkey Island est réel. Mais tu ne sais pas comment c'est. Laisse-moi te raconter… »

J'ai vécu si longtemps avec l'histoire qu'il me raconta que je ne peux plus guère me souvenir des mots pudiques qu'il utilisa. Mais voici comment je me suis représenté sa rencontre avec l'amour dans son île déserte. Je crois que c'est la vérité.

III

Passé les grilles du domaine de l'oncle Ambrose, on prenait le sentier qui coupait le pré où les vaches de Whiston étaient en train de paître ; puis, franchissant la seconde clôture qui s'avançait entre les deux grands aulnes, on s'engageait dans une longue route droite très pénible car elle traversait cette cuvette d'air chaud qu'est la vallée de la Tamise, et des terres plates jusqu'à Bray. Après deux ou trois kilomètres, on croisait une route privée, bordée d'une ligne de peupliers majestueux, qui menait vers le porche, à la simplicité prétentieuse, d'un *cottage orné* appelé « La Hutte ». On le dépassait pour aller vers un groupe de communs qui donnaient l'impression – ce qu'un assemblage de briques, de bois et de plâtre arrive difficilement à faire – d'avoir les genoux cagneux. Il y avait un appentis qui laissait passer la pluie à travers ses tuiles moussues et arborait un écriteau « Garage » ; il y avait une serre abritant une plante grimpante maigre et triste ; il y avait une hâtive collection de planches installées de guingois sur une quelconque machine agricole ; il y avait trois barils de ciment et une volière vide et rouillée. « Le père de Margaret, me dit Chris, les avait acquis à des ventes aux enchères. » Plus loin s'alignaient les peupliers qui dressaient leurs fortes et frémissantes flèches de chaque côté de la piste de gravier qui descendait vers le bac ; entre deux peupliers – il les décrivit méticuleusement comme si cela était d'une importance capitale – fleurissaient des aubépines blanches. Devant se trouvait un vivier abandonné, aux eaux miroitantes vert foncé ; au-delà, une pelouse magnifique parsemée de noyers et de quelques grands châtaigniers dont les fleurs pointaient comme autant de chandelles ; sur la gauche, une maison basse blanche couronnée d'un dôme vert et une véranda avec un toit en fer étamé que l'âge et le climat avaient teinté de vert-de-gris. C'était l'auberge de Monkey Island. Le troisième duc de Marlborough l'avait construite pour en faire une « folie ». Perchée là et bordée uniquement de noyers et d'une frange de pelouse qui la séparait du flot rapide et lumineux de la Tamise, elle avait la grâce et l'innocence du XVIIIe siècle.

Enfin, on faisait retentir la cloche accrochée à un poteau et Margaret, vêtue d'une robe blanche, apparaissait sous le porche et se dirigeait vers les marches de pierre descendant vers le fleuve. Et invariablement, chaque fois qu'elle passait sous le noyer qui surplombait le sentier, elle arrachait une feuille, la pétrissait puis en respirait la douce senteur ; lorsqu'elle arrivait près des marches, elle abritait ses yeux de ses mains et scrutait l'autre rive. « Elle est un peu myope et tu ne peux savoir comme cela adoucit son regard. » (Je ne lui dis pas que je l'avais déjà vue car, en vérité, ce n'était pas la même Margaret que je connaissais.) Lorsqu'elle apercevait quelqu'un, elle prenait un air de gravité sereine. Elle montait alors sur le minuscule bateau plat qui servait de bac et le dirigeait doucement, avec des mouvements un peu raides de ses longs bras, vers le point précis d'amarrage. Puis elle tirait la barque sur le gravier et son froncement de sourcils s'effaçait. Elle souriait, serrait les mains et disait des choses amicales comme : « Mon père a pensé que vous viendriez cet après-midi, il fait tellement beau, il vous a réservé des œufs de cane pour le thé. » Alors, on lui prenait la perche des mains et on revenait ensemble vers l'intérieur de l'île. Mais il arrivait qu'on n'emprunte pas tout de suite les marches qui menaient vers la pelouse. Il était si bon de rester assis dans la barque, près de l'appontement, tandis que Margaret laissait traîner ses mains dans les eaux sombres et oubliait sa timidité lorsqu'on lui parlait. « Elle est d'une compagnie si agréable. Elle a un esprit extrêmement clair, et aurait été un excellent ingénieur. Mais quand elle se saisit des faits, c'est toujours d'une façon très maternelle. Elle est tout amour et générosité. » (Cette fois encore, je ne lui dis pas que je l'avais vue.) Si des clients arrivaient pour le thé, on lui parlait pendant qu'elle coupait le pain et beurrait les sandwichs dans la cuisine. Mais en cette année d'inondations, peu de visiteurs avaient le courage de ramer depuis Bray Lock. Ainsi, le plus souvent, on s'asseyait sur le bateau pour bavarder tranquillement, avec l'impression que cette conversation allait durer toute la vie ; on remarquait les reflets lumineux de l'onde qui jouaient sur sa gorge et tout ce qui mettait en valeur sa beauté ; lorsqu'on s'était laissé aller à une certaine somnolence, elle disait : « Je crois que Père va vouloir son thé. » Alors, ils remontaient et rejoignaient de l'autre côté de l'île le vieil Allington, en costume de coutil blanc, qui, debout au bord d'un carré de hautes herbes et de persil sauvage, s'occupait de sa volaille et de ses lapins. C'était un petit homme avec une touffe de cheveux couleur cuivre qui se dressait au milieu de son front comme le toupet d'un clown. Il vous serrait la main énergiquement et vous expliquait très vite qu'il était une âme simple. Ensuite, ils allaient tous ensemble prendre le thé sous le noyer où était suspendue la cage du canari et, tandis qu'on apportait les œufs de cane, Mr Allington racontait les menus potins des berges de la Tamise : l'histoire de l'éclusier de Teddington qui a eu le dos brisé par un cygne car les cygnes sont fous en mai, celle du Dovetail Arms dont les patrons risquent de perdre leur licence s'ils ne se montrent pas plus prudents, ou celle de l'aubergiste de Surly Hall qui est sur le point de mourir car, deux jours après avoir maudit sa fille qui s'était enfuie avec un soldat de la caserne de Windsor, il a vu son visage pâle flotter au milieu d'un bouquet de joncs, au bord de la rivière, là où la clôture du jardin a cédé. Intimidée par Chris, Margaret se tenait calmement assise, découvrant avec surprise le monde extérieur.

Ils restaient ainsi au milieu de la magnifique pelouse jusqu'à ce que le jour se teinte du bleu du crépuscule, et Mr Allington se trouvait obligé de sauter de plus en plus souvent sur le bateau afin de ramener les canards, lancés pour une croisière jusqu'à Bray Lock, ou de ramper dans la broussaille à la recherche de lapins tout aussi démoralisés par la tombée de la nuit. Chris annonçait qu'il devait partir. Rompant le silence qui les rapprochait, ils entendaient alors, depuis le milieu du fleuve ou de sous les aulnes, la voix chaleureuse de Mr Allington hurler une invitation à rester dîner, qui n'obtenait pas de réponse. Margaret aussi était associée à ces soirées d'été où les couleurs se fondaient entre elles, où l'herbe verte, pareille à un fluide précieux répandu sur la terre, ruisselait jusqu'au fleuve, où les chandelles du châtaignier n'étaient plus des fleurs altières mais juste des taches blanches gorgées d'eau dans la masse humide de l'arbre, où la terre brune semblait un peu plus dense que l'eau.

Chris m'expliqua ceci, un peu embarrassé, mais j'ai moi aussi observé, au crépuscule, des gens que j'aime et je sais ce qu'il veut dire. Elle s'asseyait dans la barque qu'il poussait vers l'autre rive, mais on ne pouvait plus voir ses cheveux blonds boucler légèrement et l'irrégularité de la raie qui les partageait sur le côté ; ses sourcils droits, un peu plus foncés que ses cheveux, se froncer sous l'effet d'une réflexion appliquée; la noblesse de sa bouche et de son menton aussi délicats que des fleurs; ses épaules légèrement voûtées, car son jeune corps, tout comme la tige d'un lis, supportait difficilement sa propre taille. Elle n'était plus qu'une jeune fille en blanc, qui levait son visage pâle, ou, engourdie, laissait tomber sa tête dorée. Elle était alors plus proche de lui que jamais. Et qu'il l'aime ainsi, dans ce crépuscule qui estompait les traits qu'il adorait, lui semblait l'assurance d'un amour immuable; il était certain que cet amour surmonterait la vieillesse ou l'infirmité. Il restait à côté du poteau bizarre sur lequel était fixée la cloche et regardait la silhouette blanche ramener la barque au-dessus des eaux noires, grimper les escaliers gris et se fondre dans leur grisaille, devenir une ombre verte dans l'obscurité verte de la feuillée assombrie, et il se réchauffait à cette certitude.

Il ne se rappelait pas combien de temps ce bonheur avait duré; jusqu'à ce dernier jour, dont il se souvenait, qui marqua la fin de sa vie. J'étais exclue de ce jour. Ses lèvres me donnaient des détails, tandis que des signes touchants d'une émotion noble, de ses yeux embués de larmes, de la rougeur subite de sa peau, j'essayais de tirer la véritable histoire. Il semble que ce jour-là, alors qu'il roulait à bicyclette vers Monkey Island, heureux que l'oncle Ambrose fût allé en ville car ainsi il pouvait rester dîner avec les Allington, fut pour lui le jour le plus mémorable de l'année. Le monde entier semblait se fondre dans la lumière. Des nuages légers flottaient haut dans le ciel profond et lumineux, telle une houle blanche, et se reflétaient dans le miroitement de la Tamise. Les arbres frémissaient dans le vent et ondulaient comme des plantes aquatiques au fond d'une fontaine ensoleillée. Quand Margaret apparut sous le porche et s'arrêta, comme elle le faisait toujours, pour écraser et sentir la feuille de noyer, puis abriter ses yeux de sa main, sa robe blanche resplendit comme de l'argent.

Elle amena la barque, annonça, très collet monté : « Père va être déçu, il a été en ville pour affaires » et répondit gravement : « C'est très gentil de votre part » lorsqu'il lui prit des mains la perche en riant : « Peu importe. Je suis là et c'est vous que je verrai. » (Pendant que Chris parlait, je pouvais les imaginer si jeunes, si pâles, si solennels, avec cette lumière intense qui éclatait autour d'eux.)

Cet après-midi-là, ils ne s'installèrent pas dans la barque, près de l'appontement, mais se promenèrent dans l'île, jouèrent avec les lapins, observèrent les canards et furent très silencieux. Ils restèrent longtemps assis dans l'herbe folle de l'autre côté de l'île et Margaret soupira de plaisir devant la beauté de la Tamise. Au-delà de la pointe de sable, tout au bout de l'île, où un grand cygne cherchait à convaincre la plage vide qu'il protégerait sa compagne contre tous les intrus, le fleuve s'étendait comme un large ruban d'argent entre les basses prairies bordées au loin par les fuseaux épais des peupliers noirs, puis se déroulait jusqu'à Windsor derrière un rideau de grands arbres dont les têtes, recouvertes de bourgeons, paraissaient de bronze et les troncs se cachaient derrière une haie de hêtres rouges et d'aubépines blanches et écarlates. Chris lui proposa une promenade en barque jusqu'à Dorney Lock, et elle vint, silencieuse, obéissante. Mais sitôt qu'ils furent au milieu du fleuve, son sens du devoir se réveilla et elle dit qu'elle ne pouvait laisser l'auberge avec le seul commis. Puis elle alla dans la cuisine et, mordillant avec timidité sa lèvre inférieure, elle se mit à découper très consciencieusement des morceaux de pain et à en beurrer les tranches pour le cas où des clients viendraient prendre le thé. Alors que Chris était sur le point de la convaincre que personne ne viendrait arrivèrent une grosse femme en corsage rose bonbon et un vieux bonhomme qui avait ramé en veste de tweed. Bien que Margaret, riante, tremblante et suppliante, cherchât à l'en dissuader, Chris sortit pour les accueillir. La farce aurait pu être drôle, mais il se mit soudain à les haïr car, lorsqu'il poussa le bateau, ils lui offrirent un pourboire ; il grogna de façon absurde et courut se réfugier dans le bar, miraculeusement soulagé.

Mais Margaret ne voulait toujours pas quitter l'île. « Supposons, dit-elle, que Mr Learoyd vienne pour boire sa Bass. » Elle accepta pourtant de se promener avec lui dans la partie sauvage de l'île, là où les peupliers, les aulnes et les saules enserrent une clairière, où les épilobes pourpres, les renoncules blanches et, çà et là, des fleurs de pommes de terre, vestiges d'une expérience sans succès de Mr Allington, l'emportent sur les bordures d'iris qui ourlent le fleuve. On trouvait, dans cette aimable jungle, un banc rustique, relique d'un projet téméraire de Mr Allington d'aménager un jardin d'agrément. Ils s'y assirent jusqu'à ce qu'une lune pâle s'élève au-dessus des champs de blé en herbe, sur l'autre rive du fleuve. « Il n'est pas encore six heures », dit-il en sortant sa montre. « Il n'est pas encore six heures », répéta-t-elle. Entre eux, les mots semblaient avoir une valeur différente. Puis un héron se découpa sur la lune comme une ombre gigantesque et se mit à battre des ailes et à voler en larges cercles au-dessus des saules, juste devant eux. « Regardez », s'écria-t-elle. Il saisit la main qui s'était élevée et serra Margaret dans ses bras. Ils restèrent ainsi longtemps, tandis que les ailes du grand oiseau battaient au-dessus d'eux.

Plus tard, elle lui retira sa main. Elle voulait revenir à travers la pelouse et regagner l'auberge sombre qui semblait endeuillée par le soir. Ils dépassèrent la balustrade vert et blanc de la véranda et s'arrêtèrent, tout au bout de l'île, sur la pelouse en triangle qui surplombait le fleuve. Celui-ci offrait maintenant un spectacle prodigieux car il avait retenu l'éclat de rose et d'ambre du soleil couchant, qui se consumait derrière les ornes et le clocher de l'église de Bray. Des oiseaux étaient perchés sur les fils du télégraphe au-dessus de l'eau, comme des notes noires sur une portée de musique. Puis elle alla vers la fenêtre du salon et, appuyant sa joue contre la vitre, regarda à l'intérieur. La petite pièce paraissait triste dans la pénombre ; on n'y voyait guère que la machine à coudre de Margaret posée sur une table, une photographie agrandie de la mère de Margaret sur le dessus de la cheminée, des vues de Tintern Abbey dans des cadres de peluche rouge et, sur le parquet, fleurs de feutre dans le clair-obscur, les pantoufles de Mr Allington. « Vous m'imaginez ici, murmura-t-elle, ne sachant pas que vous m'aimiez. » Puis ils allèrent dans le bar et burent du lait tandis que, prise d'une ivresse insensée, elle se promenait au milieu des objets familiers en les touchant comme si, ce jour-là, elle était amoureuse de toute chose, même des manchons de la machine à tirer la bière.

Lorsque descendit sur eux une nuit transparente comme le jour, il l'entraîna dans l'obscurité aussi suave que la senteur des feuilles de noyer. Ils traversèrent la pelouse, en se baissant sous les rameaux des châtaigniers, non vers la partie sauvage de l'île, mais vers le gazon tendre entouré d'une grille de fer forgé. Là s'élevait un petit temple grec, ravissant dans le clair de lune. Il n'y était jamais venu avec Margaret car Mr Allington lui avait confié, en tapotant son nez d'un index spatulé, que le Duc avait construit ce pavillon pour ses débordements. La qualité de son amour pour Margaret l'empêchait de l'associer à quelque chose d'inconvenant. Mais cette nuit, rien d'autre n'existait que la beauté. Il la souleva dans ses bras, la porta entre les colonnades et l'installa dans une niche au-dessus de l'autel. Elle fut soudain submergée par un rayon de lune puissant. Il ne pouvait dire, à la clarté qui tombait sur elle, si ses cheveux étaient blancs comme de l'argent ou dorés comme de l'or, et il fut, une fois encore, pris d'exaltation en sachant que rien ne changerait s'ils étaient blancs. Son amour était immuable. Il le lui dit, en la faisant descendre de la niche. Alors qu'il parlait, son corps doux et tiède fondit dans ses bras. Les colonnes qui se dressaient, dures et noires, contre la marée frémissante du clair de lune et des étoiles s'ébranlèrent et se liquéfièrent. Il était étendu dans un monde abominable. Le ciel livide, sur lequel s'incrustait un enchevêtrement de fils de fer barbelés, était éclaboussé d'éclairs. Par-dessus les déflagrations, il entendait les gémissements de ceux qui demandaient de l'eau. La civière faisait souffrir son dos de façon intolérable.

Chris commença à éteindre les chandelles. Et peut-être parce que je cherchais, de façon égoïste, quelque chose à dire qui me ferait paraître dévouée et proche, je restai muette.

Soudain, il s'interrompit, contempla la flamme de la chandelle et dit :

« Si tu l'avais vue appuyer sa joue contre la vitre et regarder à l'intérieur de la petite pièce, tu comprendrais que je ne peux pas dire : "Oui, Kitty est ma femme, et Margaret n'existe plus."

— Non, tu ne le peux pas », murmurai-je.

Nous nous serrâmes les mains et notre conversation s'éteignit dans la nuit.

IV

Le lendemain matin, le chauffeur dut conduire la Rolls-Royce en ville pour une réparation. Il ne pouvait ramener Margaret de Wealdstone avant l'après-midi. Je devais aller la chercher avec lui. « Cela, au moins, me sera épargné », avait dit Kitty. Mais avant de partir, je fis un tour près de l'étang sur la colline. Ici l'automne survit la moitié de l'année. Même lorsque le printemps allume des langues de feu vert dans les sous-bois, que la vallée s'éclaire des rayons de soleil qui se faufilent entre les troncs d'arbres, l'étang se pare toujours de ronces et de fougères jaunissantes et l'eau prend les reflets d'ambre des feuilles mortes. À l'arrière de son skiff, tenant son aviron comme un gondolier, Chris traversait cette opacité brune, encore assombrie par le ciel maussade. Il était venu ici dès la fin du petit déjeuner, fuyant la maison où tout lui paraissait étranger, sauf les murs extérieurs. Le parc même était imprégné de la personnalité de Kitty. Seul y avait échappé ce coin humide. Après le déjeuner, il avait fait une autre tentative pour s'accoutumer ;

lançant un regard sinistre à un bouquet éclatant de roses de Noël tardives là où, quinze ans auparavant, se trouvait un taillis sombre, il retourna au hangar à bateaux, avec son toit rouillé en auvent, pour jouer avec le skiff. C'était un sport d'adolescent et je ne pus supporter de voir son visage d'adulte alors qu'il ramenait le bateau sur la berge.

« Je vais chercher Margaret », dis-je.

Il me remercia.

« Chris, je dois te le dire. J'ai vu Margaret. Elle est venue ici, gentille, aimable, pour nous prévenir que tu avais été blessé. C'est vraiment un amour. Mais elle n'est pas ce que tu crois. Chris, elle est vieille. Elle n'est plus belle. Elle a fait un triste mariage. Elle est ridée, marquée, ravagée par des conditions de vie misérables. Tu ne pourras plus l'aimer.

— Ne t'ai-je pas dit hier soir que cela ne comptait pas ? » Il enfonça brutalement son aviron et s'éloigna de moi. « Ramène-la vite. Je l'attendrai ici. »

D'une certaine manière, Wealdstone n'est pas un endroit désagréable ; il s'étend en rase campagne et, à chaque bout de rue, on aperçoit la verte colline de Harrow et les tours de l'école. Mais les rues sont longues, rouges, souvent traversées par les ponts du chemin de fer. Les usines gâtent le ciel de leurs hautes cheminées en brique. Devant les magasins, on rencontre des femmes, le dos déformé par des corsets bon marché, qui tapotent leur lèvre supérieure de l'index d'un air dubitatif comme si elles voulaient se laisser tenter par un achat mais savaient que pour cela il leur faudrait sacrifier autre chose. Lorsque nous demandâmes notre chemin, elles tournèrent vers nous des mines frustrées. C'est une ville où les gens ne peuvent faire ce qu'ils désirent. Et c'est ici que Margaret vivait, dans une longue rue bordée de cases rouges, avec parfois la tache rose d'une fleur d'amandier, qui débouchait sur un champ plat où l'herbe verte poussait sur un sol argileux noirci par la fumée provenant des trains et des dépôts de marchandises. Mariposa, la dernière maison au bout de la rue, ne possédait même pas un amandier. Sur le devant, qui semblait avoir été péniblement arraché au champ gras, des scilles et des crocus jaunes détrempés perçaient timidement tandis que l'arrière, où un homme bêchait avec maladresse, avait l'austère apparence d'un lotissement. Non seulement Margaret vivait ici, elle y appartenait. Elle m'ouvrit la porte, me regarda avec des yeux larmoyants et passa, perplexe, une main enfarinée dans le désordre de ses cheveux. Son visage était fatigué par la chaleur ; des perles de transpiration apparaissaient sur la ligne profonde qui marquait sa lèvre supérieure, et aux coins de sa bouche.

« Il est arrivé ? » dit-elle.

J'acquiesçai.

Elle me tira à l'intérieur et claqua la porte.

« Il va bien ?

— Tout à fait », répondis-je.

Son regard perdit de son inquiétude. Elle frotta ses mains sur son tablier et me dit: « Excusez-moi. C'est le jour de congé de la servante. Si vous voulez bien entrer dans le salon... »

Je m'assis donc dans son salon, lui donnai des nouvelles de Chris et lui dis combien il désirait la revoir. Mais tandis que je parlais, je détournai mes yeux d'elle car elle s'était installée dans un sofa, recouvert d'un velours de coton d'un vert écœurant, si bas que ses genoux remontaient et qu'elle devait les tenir de ses mains abîmées et enfarinées. Son visage était couvert de sueur. Je regardai la pièce et ma voix faiblit car je vis exactement ce que Margaret avait vu, en appuyant sa joue contre la vitre du salon, quinze ans auparavant à Monkey Island. Sur le dessus de la cheminée, il y avait une photographie agrandie de la mère de Margaret; sur un mur, une vue de Tintern Abbey dans un cadre de peluche rouge; entre les pieds branlants du vaisselier, la machine à coudre; et, coincée entre mon fauteuil et le pare-étincelles, une paire de pantoufles en feutre. Margaret, qui avait connu l'espace d'un moment l'inaliénable dignité d'un amour partagé, vivait depuis toujours avec des hommes qui restaient chez eux en pantoufles de feutre. Je détournai les yeux une fois encore, et observai dans le jardin quelqu'un occupé moins à bêcher qu'à manifester son incapacité à le faire. Il éternuait souvent et, à chaque éternuement, les boucles de son gilet s'agitaient librement sur son dos. Je supposai qu'il s'agissait de Mr William Grey.

J'avais fini d'exposer notre triste cas : elle ne bougea pas, les mains crispées sur ses genoux toujours dans cette hideuse posture, mais je vis des larmes rouler le long de ses joues. Je me levai.

« Je vous en prie ! Je vous en prie ! » Ses larmes silencieuses allaient droit au cœur. « Il ne va pas si mal – ça ira beaucoup mieux…

— Je sais, je sais, dit-elle d'un ton malheureux. Je ne crois pas que quelque chose de mal puisse arriver à Chris. Et je suis sûre, ajouta-t-elle gentiment, que vous vous en occupez fort bien. Mais quand ce que vous croyez fini recommence quinze ans après, et que vous êtes très fatiguée… » Elle passa sur ses larmes, sa peau moite et son tablier grossier et flottant une main abîmée. « J'ai chaud. Je faisais du pain. Les servantes ne savent plus en faire. » Elle eut un regard perdu, tendre. Elle dit, comme on raconte, en cherchant à se justifier, une histoire à son voisin par-dessus le mur du jardin : « Je devrais sans doute dire qu'il a perdu la tête, que je suis mariée – mais, oh ! » Elle pleura, et je me sentis comme si, après avoir essayé des allumettes humides sans savoir s'il y avait assez de pétrole dans la lampe, je l'avais enfin allumée. « Mais j'ai tant envie de le voir ! C'est mal – je sais que c'est mal, mais je suis tellement heureuse qu'il veuille lui aussi me revoir !

— Vous lui ferez du bien. » Je me rendis compte que ma voix s'était élevée comme la sienne, vibrant de la même tension. « Venez maintenant ! »

Elle eut un geste de compassion. « Mais sa jeune

femme ? demanda-t-elle timidement. Elle paraissait ennuyée, l'autre jour. Je me suis demandé depuis si j'avais eu raison de venir. Même si Chris l'a oubliée (elle semblait exposer un cas) il veut certainement faire ce qui est juste. Il ne pourra supporter de lui faire du mal.

— C'est certainement vrai. Vous connaissez notre Chris. Il la surveille du coin de l'œil, même lorsqu'il ne se sent pas très bien, pour voir si elle ne souffre pas. C'est elle qui m'a envoyée aujourd'hui.

— *Oh !* s'écria Margaret, heureuse. Elle doit avoir une nature aimable ! »

Je perdis soudain le fil de la conversation. Je ne pouvais parler de Kitty. À cet instant, elle n'était plus pour moi qu'une créature anonyme et enrubannée, tout comme la plupart des domestiques de Baldry Court m'apparaissaient comme des créatures anonymes portant bonnets et tabliers. N'existaient plus au monde que deux personnes, Chris et cette femme dont la personnalité dominait sa misère comme une voix magnifique qui chante dans une chambre obscure, et j'étais totalement pénétrée de cette vision. Vous savez comment les saints et les prophètes sont représentés dans les gravures qui ornent les vieilles bibles : debout sur les rochers, la robe blanche flottant contre un ciel bas et noir, les yeux lumineux regardant vers le haut dans une extase mystique, les mains tendues pour recevoir la bénédiction divine dont les rayons glorieux sont l'émanation.

J'eus envie de rompre ce silence extatique et

murmurai, hors de propos : « Oh, rien, rien n'est trop bon pour Chris », alors que je pensais, mes yeux ne pouvant se détacher de sa laideur : « Si elle était réellement comme ça, béatifiée et sacrée. » Elle était réellement comme ça. Elle avait répondu à mon adoration muette par cette même attitude, béatifiée et sacrée, que j'avais imaginée. Ses yeux étaient levés et ses affreuses mains reposaient sur ses genoux, paumes vers le haut comme pour recevoir l'amour de celui dont son rayonnement était l'émanation. On entendit du bruit dans la cuisine et, soudain, elle m'arracha à mon exaltation en redevenant morne.

« Je crois que Mr Grey a fini de jardiner. Excusez-moi… »

La voix qui me parvenait à travers la porte ouverte évoquait un homme dont la pomme d'Adam s'agite sans doute frénétiquement. « Eh bien, ma chérie, j'ai vu que tu recevais une amie. J'ai pensé qu'il valait mieux que je monte me changer. » Je ne sais pas ce qu'elle lui répondit. Sa voix était douce, réconfortante, rieuse, avec parfois des intonations de gamine. Je compris alors qu'elle estimait, avec cette gravité qui était la sienne, comme sa mission de maintenir vivantes dans sa vie beauté et émotion. « Un vieil ami a été blessé. » Ce fut la seule phrase que j'entendis. Mais je vis, lorsqu'elle l'entraîna dans le jardin, sous la fenêtre, qu'elle lui avait fourni une explication. Il écoutait docilement ses recommandations. « J'ai préparé des biscuits pour ton thé. Si jamais je suis en retard pour le dîner, il y a un plat de macaronis au fromage à mettre au four, et une boîte de tomates pour l'accompagner. Et de la tarte à la rhubarbe. » Elle énonçait en comptant sur ses doigts. Puis elle le fit pivoter et lui fixa les attaches de son gilet. C'était un homme maigre, avec des cheveux gris et bouclés, qui poussaient aux mauvais endroits : à l'intérieur des oreilles, dans les narines, sur le dos des mains ; il parut heureux lorsqu'elle le toucha et dit d'une voix affectueuse : « Très bien, ma chérie. Ne t'inquiète pas pour moi. Je me sauverai après le thé et j'irai jouer aux dames avec Mr Podds. » Elle répondit : « Oui, mon chéri. Et maintenant occupe-toi de ces choux. Tu vas m'en faire pousser de bien beaux, comme l'année dernière, n'est-ce pas, mon chéri ? » Elle lui prit le bras et l'entraîna vers ses plantations.

Lorsqu'elle revint dans le salon, elle portait cet imperméable jaune, ce chapeau de paille poisseux, dont les plumes s'agitaient comme sur un corbillard, cette jupe d'alpaga gris. Je refermai mes mains dans un mouvement de défense. Il m'aurait été insupportable de toucher aucun de ses vêtements. Puis je pensai à Chris, à qui j'espérais, une seconde auparavant, amener une consolatrice sereine. Je compris clairement que cette femme extatique, levant les yeux et les mains pour recevoir la bénédiction de l'amour, était la Margaret telle qu'elle existait pour l'éternité ; pour celle qui se tenait devant moi, quinze ans s'étaient écoulés entre Monkey Island et ce jour humide, et l'avaient irrémédiablement transformée. Mais j'avais promis à Chris de la lui ramener.

Elle dit : « Je suis prête », et à cette simple déclaration je ne pus rien répondre. Mais lorsque, dans l'entrée, elle s'approcha du porte-parapluie peint et se mit à chercher d'un air inquiet le manche en fausse écaille de tortue, j'intervins.

« Oh, inutile de vous charger d'un parapluie.

— J'en aurai peut-être besoin pour le retour, objecta-t-elle.

— La voiture vous raccompagnera.

— Oh, c'est vraiment gentil. »

Elle se mit à rire nerveusement. Elle semblait très sincère.

« Vous savez, je sais que nous allons vivre des moments difficiles, mais je ne peux m'empêcher d'y penser, retrouver Chris est pour moi un bonheur. J'ai un sentiment de fête. »

Elle me tint la porte du jardin et lança un regard vers la maison.

« C'est une horrible petite maison, n'est-ce pas ? »

Elle cherchait visiblement à partager une insatisfaction longtemps refoulée.

« Elle n'est pas très belle, confirmai-je.

— Ils mettent quelquefois des vaches dans les champs, derrière, continua-t-elle, comme si, consciencieusement, elle décomptait les avantages. J'aime bien. Mais autrement, il n'y a pas grand-chose.

— Elle a un très joli nom, dis-je en portant ma main sur les lettres de métal qui s'inscrivaient sur la plaque accrochée à la grille, *Mariposa*.

— N'est-ce pas ? s'exclama-t-elle avec le sourire de la romantique invétérée. Cela veut dire papillon, en espagnol. »

Une fois en automobile, la timidité la rendit morose ; elle devait se sentir massive et maladroite ; ses vêtements paraissaient grossiers à côté du capitonnage élégant, des roses de Noël dans le vase d'argent, de tout le raffinement de la voiture de Kitty. Elle avait peur du chauffeur, comme les pauvres ont toujours peur des domestiques mâles. Lorsqu'il descendit de la voiture pour tourner la manivelle, elle baissa la tête. Je voulus lui redonner un sentiment de bien-être et de beauté. Je lui dis que Chris m'avait raconté leur rencontre, qu'il ne se souvenait pas de leur séparation, et que j'étais très désireuse d'apprendre ce qui s'était passé. Elle commença à me parler de Monkey Island d'une voix profonde et embarrassée. Il était étrange que Chris et elle en parlent non comme d'un lieu, mais d'un état de grâce qui expliquerait tout ce qui s'y était produit. Étrange aussi que tous les deux décrivent aussi méticuleusement les buissons d'aubépines blanches au pied des peupliers, près de l'appontement ; je suppose que la chose que l'on voit avec les yeux de l'amour prend pour toujours une signification particulière. Elle me raconta que son père s'y était installé lorsqu'elle avait quatorze ans. Quand Mrs Allington fut emportée par une maladie rapide et douloureuse, il ne put supporter l'animation de son auberge, à Windsor. Le monde entier lui paraissait être la tombe de sa femme ; les sous-officiers un peu ivres dans leur uniforme rouge, les charretiers réclamant leur pinte à quatre pence, les chevaux plongeant leurs naseaux dans l'abreuvoir de la cour, tout cet étalage d'appétits joyeux et stupides lui semblait être une profanation. Ils allèrent à Monkey Island, si différente qu'elle atténua sa douleur, et s'installèrent, heureux, dans son silence vert. L'été y était délicieux ; des gens tranquilles et aimables, des maîtres d'école qui voulaient pêcher, des hommes qui écrivaient des livres, des couples mariés qui aimaient encore la solitude avaient coutume de venir et de rester dans la jolie petite auberge. L'hiver aussi y était agréable ; pour elle, retirer tous les tapis parce que la Tamise allait envahir la salle à manger devenait une aventure. Telle fut l'histoire de sa vie pendant ces quatre ans. Penchant la tête sur le côté, avec l'air de juger de la chose avec une profonde expérience, elle déclara qu'elle avait été très heureuse.

Puis, un après-midi d'avril, Chris débarqua sur l'île et, en attachant son bateau d'un geste rapide, il fit d'elle son esclave. Ce que je comprenais très bien. C'était un jeune homme extraordinaire ; il avait le charme de la jeunesse, comme un poulain fou ou un jeune lévrier, mais modelé par la beauté, émouvante et sérieuse, de son âme. Profitant du soleil qui faisait ressortir les fils d'or parsemant sa chevelure châtain, ou de quelque joie physique, Chris manifestait toujours une certaine retenue ; ses yeux gris, parfois assombris par la méditation, révélaient la participation à quelque drame spirituel. Le voir donnait envie de devenir intime et de s'interposer entre ce corps fait pour le bonheur et cette âme qui avait un sens si profond de la tragédie.

Enfin, elle servit le thé à Chris et lui proposa des œufs de cane. « Personne n'obtenait des œufs de cane comme mon père. C'était sa façon de les nourrir. Cela ne rapportait rien, bien sûr, mais ils étaient si bons. » Avant la fin de l'après-midi, il les avait pris dans le filet de soie de ses bonnes manières. Il parla volaille avec le père et visita le poulailler, et ce jour-là, comme les suivants, il déploya tout son charme aux pieds de la jeune fille. « Je pensais qu'il était un personnage royal et, quand il continua à venir, j'étais persuadée qu'il le faisait pour les œufs de cane. » Sa peau moite et terne s'empourpra brusquement, et elle se mit à bégayer.

« Je sais tout cela », dis-je rapidement. Jamais je n'avais eu peur de ressentir de l'envie, ou un autre sentiment mesquin, comme maintenant en présence de cette femme. « Je veux savoir comment vous vous êtes séparés.

— Oh, s'écria-t-elle, la plus stupide des querelles. Cela faisait une semaine que nous nous étions avoué nos sentiments. Quelle semaine ! Le temps était beau, et mon père n'avait rien remarqué. Je ne voulais pas qu'il sache. Je pensais qu'il désirerait un mariage rapide et verrait tout retard comme un affront pour moi. Je savais que nous devions attendre. Je me souviens, je me disais à moi-même : “Peut-être cinq ans", en mettant les choses au pis, ainsi, si nous nous mariions avant, cela serait une délicieuse surprise. » Elle répéta, avec une ironie douce : « Peut-être cinq ans !

« Puis, le jeudi après-midi, j'avais été sur le plan d'eau avec Bert Wells, le neveu de Mr Wells, qui tenait l'auberge de Surly Hall. Je riais fort parce qu'il ramait bizarrement. C'était un gars de la ville et il tenait ses avirons avec suffisance comme si c'étaient des cuillers à thé. Le vieux dinghy restait sur l'eau comme une poule sur ses œufs et ne bougeait pas. Et lui, si sûr de lui ! J'étais assise, et riais, riais. Tout d'un coup – *clang-clang* – la cloche du bac. Chris était là, debout sous les peupliers, les sourcils froncés et le regard sombre, sans un sourire. Je me sentis très mal. Il monta dans le dinghy pour traverser. Il ne souriait toujours pas. Lui et moi sommes allés dans l'île, et Bert, qui sentait que quelque chose n'allait pas, a dit : "Il faut que je file." J'étais là avec Chris, sur la pelouse, un Chris en colère et à des kilomètres de moi. Je me souviens de ses mots : "J'étais venu vous dire au revoir parce que je dois partir ce soir, et je vous trouve en train de vous esclaffer avec ce goujat." Et j'ai répondu : "Oh, Chris ! Je connais Bert depuis toujours, il vient voir son oncle pendant les vacances. Nous n'étions pas en train de nous esclaffer. C'est juste qu'il ne sait pas ramer." Il continua à parler, et je vis qu'il ne me croyait pas comme il aurait cru une fille de son milieu. Je le lui dis. Il se montra cruel. Oh, ne me faites pas évoquer les mots que nous avons échangés ! Cela n'arrange rien… À la fin, je dis quelque chose d'affreux, et il répondit : "Parfait, je suis d'accord. Je m'en vais." Il alla vers le garçon qui était en train de couper du bois et lui demanda de le faire traverser. Quand il passa devant moi, il se détourna. Voilà, c'est tout. »

Je possédais enfin la clé de l'histoire. Quinze ans auparavant, le printemps à Baldry Court avait été triste malgré un temps superbe. Chris s'était attardé dans le presbytère de l'oncle Ambrose près de la Tamise, comme il ne l'avait jamais fait jusqu'alors. Le vieux Mr Baldry transmettait ses misères d'apoplectique à toute la maison. Il passait la journée à son bureau en ville et, sans explication, avait cessé de téléphoner à sa femme à midi comme il avait l'habitude de le faire. Il s'asseyait toute la nuit dans la bibliothèque et se plongeait dans ses papiers et ses livres de comptes ; les servantes le retrouvaient souvent au matin endormi sur son bureau, avec le teint rouge et pourtant l'aspect d'un mort. Les hommes qu'il invitait à dîner le traitaient avec une gentillesse et une considération qui n'étaient pas celles que sa personnalité bruyante et impérieuse avait l'habitude d'exiger ; au cours de sa conversation avec eux, il se vantait de l'imminence de sa faillite dont il aurait trouvé humiliant de nous faire part. Un matin enfin, il lança à Mrs Baldry par-dessus la table du petit déjeuner : « Je fais revenir Chris. On verra bien ce que vaut ce garçon… » C'était la remarque amère, comme le gémissement d'un vieux bateau dont la carcasse se disloque, d'un homme qui doute des capacités de son enfant né sur le tard. Ce soir-là, alors que j'allais voir le bébé qui venait de naître à la maison du gardien, je rencontrai Chris qui remontait l'allée. Il semblait blafard dans la clarté bleutée du crépuscule. Je le remarquai car il passa sans me voir, et je constatai, avec surprise, pour la première fois, qu'il n'avait jamais fait attention à moi, sauf de la façon la plus ordinaire ; à ses yeux, je le sus désormais, je comptais fort peu. Il discuta tard, cette nuit-là, avec son père, et au matin il partit pour le Mexique s'occuper des mines afin qu'elles continuent à fonctionner malgré la révolution. Il lui fallait reprendre en main l'affaire familiale et maintenir Baldry Court élégante et hospitalière au prix de sa jeunesse qui fut désormais marquée par le devoir.

J'en parlai à Margaret, qui me répondit : « Oh, je sais tout cela », et elle continua son histoire. Le dimanche, trois jours après leur querelle, Mr Allington fut trouvé mort dans son lit. « J'avais tant besoin de Chris, mais il ne vint jamais, il n'écrivit jamais. » Elle tomba dans une sorte de léthargie, passant ses journées à regarder couler la Tamise. La situation dans laquelle la laissait son père la força à réagir. Elle découvrit qu'elle ne possédait guère qu'un revenu de vingt livres par an en actions non négociables. Elle céda la gérance de l'auberge à un tenancier de pub et, après avoir eu la promesse de l'hôtesse qu'on lui ferait suivre ses lettres, elle s'embarqua dans la carrière de plus en plus malheureuse d'aide familiale. Elle entra dans une noble famille irlandaise qui avait eu des revers de fortune, les Murphy. Un jour, ils disparurent et l'abandonnèrent, triste et déçue, dans un hôtel de Brighton sans lui payer ni ses gages ni ses frais de séjour. « Pourquoi ont-ils fait ça ? J'avais beaucoup d'affection pour eux. Le bébé était un amour, et Mrs Murphy tellement gentille quand elle vous parlait. C'était impensable de leur part. Ça vous fait presque penser à mal quand les gens font des choses pareilles. » Après deux ans d'aventures moins sensationnelles mais aussi déplorables, elle entra dans une famille nombreuse et besogneuse de Chiswick, les Watson. Presque immédiatement, le frère de Mrs Watson, Mr William Grey, lui fit une cour assidue qui, me semble-t-il, en appelait principalement à son instinct protecteur. « Mr Grey, dit-elle doucement comme pour justifier ce besoin d'affection n'a jamais eu beaucoup de succès. » Et toujours pas de lettre.

Enfin, cinq ans après son départ de Monkey Island, elle épousa Mr William Grey. Sitôt après leur mariage, il perdit son travail et resta un moment au chômage ; puis il eut une maladie de poitrine, qui nécessita des soins constants. « Cela faisait passer le temps », dit-elle, enjouée et sans ironie. Plusieurs années s'écoulèrent avant qu'ils aient l'occasion de retourner à Monkey Island. Au début, ils manquèrent d'argent. Ensuite, ils durent rechercher les brises bienfaisantes de Brighton, Bognor ou Southend, où la poitrine de Mr Grey avait, bizarrement, décidé de se bien porter. Une fois ces obstacles vaincus, elle devint indifférente à tout; elle avait aussi entendu dire que l'auberge n'était pas tenue comme il convenait et ne pouvait supporter de voir saccager le théâtre verdoyant de sa jeunesse. Puis vint un temps où elle fut extrêmement perturbée; en me disant cela, elle me lança un regard éperdu comme si elle allait s'évanouir à la moindre de mes questions. Enfin, elle fut brusquement obsédée par l'envie de revoir Monkey Island.

« Quand nous sommes arrivés au bac, Mr Grey s'est exclamé: "Mais, grands dieux, Margaret, il y a de l'eau tout autour!" et je lui ai répondu: "Bien entendu, William, c'est comme ça!" » Ils retrouvèrent une île bien entretenue et bien aménagée, car elle avait récemment changé de mains. « Les nouveaux gérants étaient un père et sa fille, exactement comme mon père et moi. Mr Taylor ressemblait un peu à mon père, mais il venait du Nord. Mais Miss Taylor était beaucoup plus belle que je ne l'avais jamais été; une grande femme, avec des cheveux blonds magnifiques. Ils furent très gentils quand ils surent qui j'étais; ils nous donnèrent du canard avec des petits pois pour déjeuner, et je pensai à mon père. Leurs canards n'étaient pas aussi bons que ceux de mon père, mais je suppose qu'ils devaient rapporter davantage. Puis Miss Taylor entraîna William dans le jardin pour le lui faire visiter. Je voyais que ça ne lui faisait pas plaisir car il est toujours timide avec les femmes exubérantes, et je m'apprêtais à les rejoindre quand Mr Taylor m'a arrêtée. "Une petite minute, j'ai quelque chose qui peut vous intéresser. Venez ici", et il me poussa vers le secrétaire à cylindre dans le bureau. Il prit dans un tiroir douze lettres qui m'étaient destinées ; elles étaient de la main de Chris.

« C'était un homme aimable. Il me proposa un fauteuil, puis appela Miss Taylor et lui dit de rester le plus longtemps possible dans le jardin avec William. Enfin, je dis : "Mais Mrs Hitchcock m'avait promis de m'envoyer mes lettres. — Mrs Hitchcock n'est restée ici que trois semaines avant de filer avec un book de Bray. Après ça, Hitchcock s'est mis à boire et s'est laissé aller." Les Taylor ont retrouvé les lettres au fond du bureau en arrivant.

— Que disaient-elles, ces lettres ?

— Pendant longtemps, j'ai refusé de les lire. Je pensais que ça allait à l'encontre de mon devoir d'épouse. Pourtant, quand j'ai reçu ce télégramme disant qu'il était blessé, je suis montée dans ma chambre et les ai lues. Ah, ces lettres… »

Elle baissa la tête et pleura.

Lorsque la voiture passa les grilles de Baldry Court, elle se redressa et s'essuya les yeux. Elle observa la bande de gazon, si brillante qu'elle semblait humide, parsemée de perce-neige, de scilles et de crocus, qui court depuis l'allée vers l'enchevêtrement de bouleaux argentés, de ronces et de fougères. Cette bordure n'a pas une raison esthétique : une haie d'ajoncs sombres et de broussaille rousse fait plus jolie dans le paysage. Elle a un sens purement philosophique et proclame qu'ici nous n'apprécions que la beauté maîtrisée. Tout est conçu, avec élégance, pour le bonheur, et il n'y a pas de place pour ce qui est sauvage. Elle devait sûrement s'apercevoir que l'endroit n'était pas propice pour la beauté lacérée, et non mûrie par le temps, et qu'un être habitué à vivre ici ne pouvait s'empêcher de réagir devant son aspect misérable… Pourtant, elle dit : « C'est vraiment très grand. Le pauvre Chris a dû beaucoup travailler pour l'entretenir. » La pitié de cette femme était comme une épée rougie. Personne n'avait jamais plaint Chris pour la magnificence de Baldry Court. Nous avions la conviction qu'en portant des vêtements coûteux, en organisant une vie coûteuse, nous étions les servantes de son désir. Mais elle révéla la vérité : bien qu'il ait désiré une maison magnifique, celle-ci n'était pas construite de ses mains.

Mais son intelligence et le fait que les anges se seraient certainement mis de son côté ne la rendaient pas moins physiquement choquante dans notre cadre. Tous mes doutes sur la sagesse de mon expédition me revinrent alors que nous attendions le thé que j'avais commandé dans l'espoir de voir Margaret se recomposer un visage. Elle s'appuyait à la table en chêne, tripotait ses gants de fil, clignait ses yeux rougis par les larmes, tapait du talon sur le tapis et se balançait d'un pied sur l'autre ; elle détonnait à côté de la nouvelle acquisition de Kitty (preuve de son talent de décoratrice) qui se trouvait juste derrière elle et qu'elle menaçait de ses mouvements spasmodiques. C'était une coupe noire, peu profonde, au centre de laquelle se tenait, sur les mains et les genoux, une nymphe blanche et nue, dont la petite tête se penchait vers les fleurs blanches qui flottaient sur les eaux noires tout autour. À côté de la pureté noire de la coupe, ses plumes misérables semblaient horribles ; à côté de la nymphe blanche, éternellement innocente de tout si ce n'est de la contemplation de la beauté, sa peau terne et son air de souffrance étaient choquants ; à côté de cette œuvre hardie, élaborée avec le plus grand soin par une main et un cerveau qu'animait le plaisir du superflu, son appartenance à un environnement besogneux et chagrin heurtait autant qu'une macule cancéreuse dans un monde pur. Il était peut-être absurde de comparer cette femme à la statuette, mais il se trouvait que cette figurine était aussi l'image réduite de la femme telle que Chris la concevait. Nous nous montrions aussi exquises que nos parures ; nous n'étions jamais emportées par nos appétits et nos passions, même les plus nobles ; nos petites têtes se penchaient avec attention vers les fleurs blanches du luxe qui flottaient sur les eaux noires de nos vies ; et Chris n'en avait jamais connu d'autres que nous. Un homme ainsi habitué ne pouvait qu'être rebuté par Margaret. Je bus mon thé très lentement car je prévoyais ce qui devait se passer dans les cinq prochaines minutes. En percevant depuis l'étang le bruit de ces lourdes bottes sur le chemin, il se retournerait, évaluerait d'un regard son âge, sa peau rugueuse, abîmée, et présenterait à ce masque misérable le même visage vide que, la veille, il avait offert à Kitty. Bien que portée à m'apitoyer sur moi-même, je savais que la situation de Margaret serait plus pénible que la mienne; car il allait lui être plus cruel de voir l'ardeur dans ses yeux faire place à de la gentillesse que de n'y avoir jamais vu d'ardeur. Il hésiterait, elle ferait un de ses gestes dévastateurs et s'éloignerait en lançant ce regard patient et humide dont elle avait le secret. Il retournerait à son jeu d'adolescent avec le skiff; j'espérais que les eaux brunes ne lui paraîtraient pas trop accueillantes. Elle retournerait à Mariposa, s'assiérait sur son lit et lirait ces lettres…

« Et maintenant, dit-elle vivement alors que je reposais ma tasse, est-ce que je peux voir Chris ? » Elle ne doutait pas de l'entreprise.

Je la fis entrer dans le salon et ouvris une des portes-fenêtres.

« Allez à l'étang, après les cèdres. Il y fait de la rame.

— C'est bien, dit-elle. Il est toujours tellement beau sur un bateau. »

Je la rappelai et essayai de lui faire comprendre que leur rencontre risquait d'être un échec.

« Vous allez le trouver changé… »

Elle me répondit joyeusement : « Oh, je le reconnaîtrai. »

Lorsque je montai, je me rendis compte que j'étais près de l'effondrement physique, la vérité étant, je suppose, que j'étais jalouse à en être malade de Margaret. Puis soudain, comme une personne épuisée laisse tomber le poids, précieux, qu'elle ne peut plus tenir, mon esprit ne voulut plus s'occuper de la question et se tourna vers la perception de choses plus matérielles. Je me penchai par-dessus la rampe de l'escalier et observai le raffinement du hall : l'élégance de la nymphe dans son cercle d'eau noire, le blanc et le rose clair du chintz que Kitty avait choisi, la surface limpide du chêne, les couleurs gaies qui se reflétaient sur les lambris. Je me dis : « Si tout s'en va, il nous restera toujours ceci », et je continuai ainsi, heureuse de porter des vêtements délicats, d'avoir une peau lisse, heureuse que les murs du couloir soient de ce bleu si doux, heureuse que d'une porte grande ouverte vienne ce rayon de lumière qui faisait paraître le tapis d'un bleu plus profond. Lorsque je vis qu'il s'agissait de la porte de la nursery et que Kitty était assise près de la fenêtre dans le grand fauteuil de la nurse, je ne tins pas compte de son visage tendu, de sa blondeur légèrement dorée par le soleil de mars, ni du fait extraordinaire qu'elle était venue dans la chambre de l'enfant mort pour un autre motif que sécher ses cheveux. Elle avait oublié que nous vivions dans la forteresse imprenable d'une vie gracieuse et je lui dis sévèrement : « Oh, Kitty, regardez dehors cette pauvre chose toute meurtrie. »

Elle observait le jardin d'un air tellement sinistre que mes yeux suivirent son regard.

C'était une de ces journées qui n'en finissent pas,

si communes à la fin du mois de mars, où le jardin paraît horrible. Le vent, qui se déchaînait pour mettre en échec un rayon de soleil, avait enlevé aux cèdres leur dignité en leur volant leur ombre épaisse. Il agitait les branches des sapins noirs qui donnaient l'impression de se battre entre eux. Le ciel était couvert de nuages gris et menaçants qui atténuaient l'éclat des crocus. C'est pour des jours comme celui-là, quand la composition harmonieuse des parterres de fleurs et des arbres semble avoir été faite en vain, que les vieux jardiniers semaient leurs pelouses et leurs allées de statues et de sculptures – tritons moussus ou nymphes avec urne – afin de retenir l'œil. Mais malgré la frénésie qui avait saisi le jardin, le regard s'attachait à la silhouette en imperméable jaune, debout immobile au milieu de la pelouse.

Je ne comprends pas comment Chris sut qu'elle était si proche, il était là à courir à travers la pelouse tel que, nuit après nuit, je l'avais vu dans mes rêves courir à travers le no man's land. Je savais qu'il fermerait ses yeux en courant ; je savais qu'il tomberait sur ses genoux en arrivant à l'abri. Je supposai qu'aux pieds de Margaret se trouvait l'abri avant même de la voir le prendre sous les bras. Ce n'était pas un geste de passion, mais plutôt le mouvement de celui qui transporte un blessé sous les bombes. Lorsqu'elle lui releva la tête et l'approcha de ses lèvres, l'issue de leur rencontre n'était pas encore décidée. Je me couvris les yeux et dis à haute voix :

« Dans une minute, il verra son visage, ses mains. » Je restai un long moment ainsi, mais, quand je regardai à nouveau, ils étaient encore l'un contre l'autre. Comme si leur enlacement le nourrissait, il parut bien plus fort lorsqu'il se dégagea de son étreinte. Ils se tinrent ainsi, les mains jointes, se regardant l'un l'autre (ils se regardaient droit dans les yeux, avec bonheur), puis, comme s'ils reprenaient une conversation malheureusement interrompue par quelque obligation sociale, ils s'enlacèrent à nouveau, et passant sous les branches houleuses du cèdre, s'éloignèrent vers le bois derrière. Je sentis, alors que Kitty pleurait, combien Chris avait raison de dire que pour les amoureux bien des choses ne comptent pas.

V

Nous étions assises dans le salon lorsque l'automobile ramena Margaret chez elle. Chris vint nous rejoindre et, après être resté un moment devant le feu, il dit, un peu hésitant :

« Je veux vous assurer que je sais que tout va bien. Margaret m'a expliqué. »

Kitty roula son ouvrage en une boule blanche.

« Vous voulez dire, je suppose, que vous savez que je suis votre femme. Je suis heureuse de vous voir décider "que tout va bien" et reconnaissante que vous acceptiez enfin la situation – sous l'autorité de Margaret. De quoi rendre fière toute femme ! »

Son ironie avait l'âcreté légère d'une graine de carvi, mais sa violence s'arrêta là. Elle s'aperçut, lorsqu'il accusa le coup en baissant doucement la tête, que ce n'était pas de la simulation et que quelque chose, aussi insurmontable que la mort, les séparait. L'attitude de Chris, par la suite, n'appela nul commentaire, rien que de la souffrance. Il n'y avait rien à dire alors qu'il restait assis toute la journée, sauf pendant les quelques heures de l'après-midi passées avec Margaret, comme un aveugle attend que le voile noir se lève. Il n'y avait rien à dire quand il semblait ne pas voir nos fleurs alors qu'il avait conservé, jusqu'à ce que leurs tiges pourrissent, les jonquilles cueillies par Margaret dans son jardin aux allures de lotissement. Kitty, elle, était étendue comme une poupée cassée, le visage enfoui dans le sofa, un bras pendant au sol, ou exposait des pieds raidis dans des pantoufles bizarres au bout de son lit à baldaquin. Je voulais, pour ma part, conserver l'état bienheureux dans lequel je me trouvais à la fin de mon trajet avec Margaret ; mon esprit tendu percevait de façon intense l'éclat de chaque objet, qui était hors de toute passion humaine, et essayait de s'y identifier. Cela ne veut pas dire que je passais ma journée à observer joyeusement les choses. Mais souvent, sur les chemins de Harrow Weald, je restais de longs moments à regarder le fin réseau des rameaux nus qui se détachaient sur le ciel, haut et dur, du printemps, et tandis que le vent se précipitait sous mes jupes, me gelant jusqu'aux os, je ne bougeais pas de peur de me remettre à penser. En vérité, le chagrin n'est pas, ainsi que les jeunes le croient, de la pure mélancolie. C'est comme de vivre dans une ville tropicale, ou au cœur du désert. La peau se déshydrate et la gorge se dessèche ; l'eau et le vin sont tièdes au palais et la nourriture a la consistance du sable ; la compagnie des autres est insupportable ; les pensées, tels des moustiques, tourmentent le sommeil.

Une semaine après mon voyage à Wealdstone, j'allai voir Kitty pour lui proposer une promenade. Je la trouvai étendue sur ses coussins, faisant l'inventaire de sa lingerie. Elle refusa, peu amène, et ajouta: « Revenez tôt. Je vous rappelle que le Dr Gilbert Anderson vient cet après-midi à quatre heures et demie. C'est notre dernier espoir. Et dites à cette femme qu'elle doit le voir. Il demande à voir toutes les personnes concernées. » Elle continua à regarder tristement les soies lumineuses et fragiles que sa femme de chambre lui avait apportées, comme un commerçant, qui a dû mettre au rebut quantité de marchandises pour lesquelles il n'y a pas eu de demande, se désole de ses pertes. Je partis donc seule. La journée était douce, avec de petits coups de vent frais. De gros nuages noirs, dernière tentative de l'hiver finissant, étaient transpercés malgré tout par des rayons de soleil qui répandaient une lumière un peu grise et faisaient paraître les couleurs plus dures, plus fortes. Sur le versant exposé au sud de Harrow Weald se trouvait une prairie où paissaient des moutons, entourée d'une lavande pâle et sur laquelle la paille jaune éparpillée et les abreuvoirs orange étaient comme des notes de gaieté jetées sur l'opaque herbe hivernale qui recouvrait la côte. Les bêlements craintifs des brebis parvenaient comme une rivière de sons alors qu'on menait les bêtes dans un pré dissimulé par la haie. Les ormes défeuillés qui cernaient d'un trait noir les prairies au-dessous donnaient l'impression que le flux de l'hiver s'était retiré en abandonnant le promontoire nu et étincelant au printemps. J'aimais tant ce paysage que j'ouvris la grille et allai m'asseoir sous un arbre qui, bien que déraciné l'année passée par une bourrasque, ne s'était pas encore résigné à la mort et se parait bravement des fleurs violettes de l'orme. J'aimais cela aussi et souhaitais avoir quelqu'un avec qui partager cette représentation sans artifices de l'année nouvelle. Je ne voulais pas réellement de Kitty; les compagnons dont j'avais besoin étaient Chris et Margaret. Chris aurait exposé, comme il aimait à le faire lorsqu'il pouvait à loisir admirer une large vallée, ces idées qu'il devait, en temps ordinaire, refouler de peur qu'elles ne perturbent son esprit et ne l'empêchent de travailler. Margaret aurait surveillé la discussion, à l'ombre de son grand chapeau, afin qu'elle ne dévie pas, comme une ménagère surveille le lait de sa casserole de peur qu'il ne déborde. Ces êtres aimables et contemplatifs étaient, naturellement, mes amis. Soudain, je fus terrassée par la jalousie. Ce n'était pas tant leur amour réciproque qui me faisait souffrir à ce moment-là; c'était la pensée des choses que leurs yeux avaient vues ensemble. J'imaginais les aubépines blanches sous les peupliers, près du bac de Monkey Island, qu'ils avaient regardées quinze ans auparavant, et ce fut plus que je n'en pouvais supporter. Je pensais qu'en cet instant même, ils s'émerveillaient peut-être de la buée verte des premiers bourgeons, dans la broussaille brune autour de l'étang. Je quittai le tronc d'arbre et me mis à dévaler la colline. Les vaches rousses buvaient dans l'étang tapissé par les racines des saules ; un étalon efflanqué se mit à danser maladroitement parce que la chaleur montait du sol ; je découvris un ruisseau dans les champs et le suivis jusqu'à ce qu'il se transforme au milieu des bois en une sorte de digue resplendissante de vert lumineux et de mousse d'or ; et la vision de ces choses ne m'apporta aucune joie car elle était solitaire. Je voulais mettre fin à mon désespoir en me jetant d'une hauteur. Je montai sur un tertre et me lançai tête la première vers les feuilles mortes, au-dessous.

J'étais complètement coupée de Chris. Autrefois, j'éprouvais du plaisir à observer le léger duvet doré sur ses joues, son front bruni au-dessus de ses épais sourcils blonds. Mais maintenant, j'étais tellement occupée à lui présenter, pour le rassurer, un visage serein, reposé, la coiffure toujours nettement ordonnée, au lieu du masque affligé qu'il redoutait tant, qu'il ne me restait plus assez de vitalité pour jouir de sa présence. Je parlais d'une voix de poitrine, calme, qui ne révélait rien de mon angoisse ; je m'efforçais de lire *Country Life* avec application ; je portais pendant une bonne partie de la journée des gants de daim alors que je désirais me tordre les mains ; je jouais longtemps avec les chiens et étrennais mes tweeds les plus épais ; je prétendais que la petite lourdeur de mes traits révélait très justement mon caractère. La seule occasion que j'eus de laisser sans crainte les sentiments que j'éprouvais autrefois à son égard m'envahir fut lorsque je rencontrai Margaret dans le hall – je ne savais pas si elle entrait ou sortait. Elle avait beaucoup changé ; ses yeux souriaient légèrement comme si elle écoutait au loin un air familier, sa maladresse semblait une sorte d'indécision à marcher ou à danser sur cette musique lointaine, sa tenue misérable n'était pas plus rebutante que le débraillé d'un enfant si pressé d'aller à une fête qu'il n'a pas laissé la nurse lui nouer sa blouse. Elle tendait toujours une main affublée d'un gant de fil noir non boutonné et disait : « Encore une journée magnifique », ou timidement, parce que Kitty continuait à l'éviter : « J'espère que Mrs Baldry se porte bien. » Lorsque nos mains se rencontrèrent, il fut avec nous, invoqué par notre adoration commune ; je sentis sa présence, rude, masculine, chaude, colorée de brun et d'or. Je pensai à lui avec la passion que donne l'exil. Pour Margaret, ce fut un appel. Elle s'éloigna vers le jardin, les mains tendues comme si elle portait des cadeaux invisibles, s'arrêta sur la marche devant la porte-fenêtre pour se sourire à elle-même et savourer une précieuse pensée. « Il est ici. Ce jardin le retient. » Et ce court instant de bonheur, ma maigre nourriture, fut happé par un sentiment de jalousie aussi hideux et débilitant que la maladie. Ce fut bien le printemps le plus triste.

Nous étions rejetées et rien ne pouvait atténuer la dureté de notre situation. Vous pensez sans doute que nous accordions trop d'importance à ce qui n'était qu'hallucinations d'un fou. Mais chaque minute, particulièrement pendant ces périodes d'observation où il errait à travers la maison et les terres avec les médecins, souriant courtoisement, mais sans joie, répondant à leurs questions avec la politesse excédée d'un homme qui cherche à se débarrasser d'un commis voyageur dans le fumoir d'un hôtel, il devint évident que si la folie est une tendance à mal interpréter le monde, Chris n'était pas fou. Notre honte était qu'il nous avait justement rejetées en atteignant un stade où il devenait plus sage que la raison. Son amnésie était une victoire sur la censure du langage qui empêche les hommes de définir clairement leurs affinités spirituelles. Nous serions restées bouche bée, Kitty et moi, s'il nous avait déclaré : « Je ne vous connais pas » ; s'il avait développé sa pensée et dit : « Vous n'êtes rien pour moi ; mon cœur ne peut répondre aux vôtres », sa méchanceté involontaire nous aurait fait pleurer. Mais par le vide de ses yeux qui me voyaient seulement comme une camarade abandonnée et traversaient Kitty qui n'était plus qu'une étrangère, juste une intendante décorative, il nous faisait nettement savoir où nous nous tenions. Tout en sanglotant au milieu des feuilles mortes, je goûtais le plaisir amer de la découverte de la vérité. J'éprouvais, en fait, de la fierté, une fierté froide et intellectuelle, devant son refus de se souvenir de sa maturité prospère et son désir de revivre le temps de son premier amour ; il me paraissait ainsi bien plus sain que nous, qui prenions la vie comme elle venait, c'est-à-dire dominée par tout ce qui était irritant et superflu. J'étais même prête à admettre que ce choix d'une réalité en dépit de toutes les apparences, cette adroite récupération de la magnifique perle perdue, constituait l'acte de génie que j'avais toujours attendu de lui. Mais cela ne rendait pas moins pénible mon exclusion de sa vie.

Il m'était difficile d'y voir clair. Je pense que la raison de notre tragédie, prise sur un plan spirituel, était qu'en repoussant Kitty il se détournait du type de femme qui joue le corps contre l'âme et, en me repoussant, de celle qui balance entre l'âme et le corps et essaie de les faire courir ensemble, tranquillement, comme une paire de chevaux attelés ; il s'était donné à une femme qui avait la triste habitude de défendre l'âme contre le corps. Cela me semblait un fantastique acte de cruauté que je ne pouvais me représenter que comme une réunion d'images désastreuses. Je pense que cela se passe quelque part derrière le front, au bout d'une route droite bordée de peupliers saccagés, entre des flaques de boue auxquelles la pluie continue donne des reflets d'acier. Là, après l'église, dont le clocher a été démoli, se trouve un petit groupe de maisons hideuses, avec des pans de briques nues semblables à des plaies vives sous le plâtre arraché, et dont les charpentes des toits se dressent comme des os brisés. Des gens vivent encore ici. Une fille légère est assise à la porte d'une maisonnette crasseuse ; elle trie du linge sale et fait des signes de ses bras nus aux soldats qui passent. Dans une autre maison se tient une épicerie ; des guirlandes d'oignons orange et des bottes d'herbes pendent du plafond ; dans la pénombre, où domine l'odeur de l'ail, on entend le bourdonnement des mouches qui, en France, envahissent toute l'année les boutiques de village ; un chat noir frotte son corps efflanqué contre le chambranle de la porte. Chris est là, debout ; derrière le comptoir, un vieil homme en blouse bleue, avec une cicatrice blanche qui s'enfonce sous une barbe grise en broussaille, un vieil homme avec un sourire à la fois crapuleux et bienveillant, répugnant de saleté, et pourtant magnifique grâce à sa carrure olympienne. Je pense qu'il est l'âme de cet univers, également intéressé et indifférent à chaque chose vivante ; pour lui, je ne compte pas plus que la souillon aux bras nus dans la maison voisine. Chris est accoudé au comptoir, les yeux vitreux. (Il est présent par son esprit ; son corps est étendu quelque part, sous le crachin, à l'autre bout de la route.) Il regarde les deux boules de cristal que le vieil homme, de ses mains sales et puissantes, a fait rouler de l'autre côté du comptoir. Dans l'une, il voit Margaret ; pas en imperméable, avec ses plumes dodelinant, mais telle qu'elle est transfigurée par la lumière de l'éternité. Il la regarde longuement ; puis il jette un coup d'œil à l'autre, juste assez pour y voir tout au fond Kitty et moi marchant dans nos jardins resplendissants, somptueusement vêtues. Nous n'avons subi aucune transformation, nous sommes telles que nous sommes et rien de plus. Notre vérité se trouve dans notre aspect physique. Il pousse un profond soupir de contentement et pose sa main sur la boule où brille Margaret. Sa manche balaie l'autre boule et la fait tomber au sol où elle explose en mille éclats. Le sourire du vieil homme est toujours à la fois crapuleux et bienveillant, je l'intéresse autant que la souillon aux bras nus ; Chris est tout entier absorbé par la boule qu'il a choisie. Personne ne pleure notre monde brisé…

Je m'agitai sur les feuilles mortes comme si j'avais réellement entendu l'explosion de la boule, et m'écriai : « Gilbert Anderson, Gilbert Anderson doit le guérir. » Dieu seul sait que je n'avais aucune raison de faire confiance aux médecins. Pendant toute la semaine, ils avaient défilé, aussi poncés que des phoques, avec leurs cheveux soigneusement lissés et leurs redingotes, autour de Chris et l'avaient examiné avec la désinvolte lenteur d'un plombier. Leur tentative la plus efficace fut cette futile séance d'hypnotisme. Il s'y soumit, comme un homme aimable se laisse mettre un bandeau sur les yeux à une fête enfantine, retrouva la mémoire et son âge réel ; il parla de Kitty avec la tendresse complaisante d'un mari anglais et reprit possession de lui-même. Mais quand son esprit ne fut plus sous contrôle, il leur démontra qu'il ne s'agissait pas, comme ils l'affirmaient, d'une simple dépression ; il rejeta ses souvenirs et leur présenta le mur impénétrable, d'autant plus impénétrable qu'il était inconscient, de sa détermination de ne pas savoir. J'avais accepté qu'il en fût toujours ainsi. En ce moment précis, j'avais tellement besoin de sortir de cet état de détresse, aggravé de façon insupportable par les images terrifiantes que mon esprit fiévreux avait inventées pour recréer notre tragédie, que j'éprouvai une foi pressante, désespérée, en ce nouveau docteur. Je bondis et me frayai un chemin à travers les broussailles jusqu'à la haie qui séparait les réserves de chasse de nos bois et les traversai malgré tout, essoufflée car il était plus de quatre heures et il me fallait encore trouver Chris et Margaret avant la visite du docteur à quatre heures et demie.

Durant l'après-midi, la lumière s'était intensifiée et faisait paraître touffus et inquiétants les chers bois familiers. Ils en devenaient presque tropicaux. Les bourgeons, pareils à des joyaux sur les rameaux couleur de suie, la vallée bleuie par la distance, semée ici et là des toits vernis roses de villas, que l'on apercevait à travers le lacis blanc et noir des troncs des bouleaux et des hêtres semblables à des piliers gris lumineux, choquaient mes yeux humides comme peut le faire un paysage rutilant sous un soleil équatorial. J'éprouvais aussi un sens tropical du danger et avançais avec crainte comme si un serpent se dissimulait sous chaque feuille car j'avais peur de les surprendre, lui, parlant sans la regarder ou pensant en silence tout en jouant avec sa main. Les étreintes importent peu; elles indiquent seulement le désir d'aimer et peuvent être suivies aussi bien par la défaite que par la victoire. Mais une attitude impassible signifie que leur union est telle qu'ils ne sont plus conscients de la séparation de leurs chairs et qu'ils n'ont plus besoin d'échanger des regards passionnés, de se prendre la main ou de joindre leurs lèvres. Je sais que ce doit être ainsi ; une vie solitaire vous donne l'opportunité de comprendre ces choses. Je ne pouvais pas supporter de découvrir son intimité avec cette femme qu'une soudaine éclaircie du paysage, plus bas, me révéla. Elle était appuyée, le dos raidi par son corset bon marché, contre un bouleau dont le tronc, étonnamment mince et droit, était sans doute dû à la virtuosité particulière d'un forestier. Son imperméable jaune faisait comme une tache boueuse sur le bois clair et luisant et lorsqu'une branche morte tomba à côté d'elle, elle eut pour l'éviter le geste maladroit d'une poule. Plus qu'un individu, elle était le signe de la morne pauvreté, comme la porte ouverte d'une maison misérable qui laisse s'échapper l'odeur des choux et les cris des enfants. Sûr de lui, il était assis à côté d'elle, totalement heureux. Je pensai, affolée, à quel point il était nécessaire que le Dr Gilbert Anderson le soigne, et tentai de les appeler, mais ma gorge était nouée. Je descendis à travers les fougères et les ronces et me retrouvai à leur hauteur, quoique séparée par les quelques mètres d'une clairière.

Personne n'aurait pu imaginer la beauté de ce que je vis. Ils avaient étalé la couverture écossaise du dinghy sur l'herbe tendre afin d'admirer, je crois, des primevères précoces au milieu d'un carré d'anémones blanches, au pied d'un chêne. Elle avait lissé, de ses mains rugueuses, la couverture pour qu'elle lui soit douce et confortable lorsque enfin, se sentant somnolent, il s'était tourné sur le côté pour dormir. Il était allongé, confiant et détendu comme un enfant assoupi, les mains ouvertes, et sa tête, rejetée en arrière, livrait sa gorge nue. Lorsqu'il était ainsi endormi, les traits libérés de toute tension, on ne voyait que sa beauté. Et elle, le visage triste et vigilant, rosi, en cette fin d'après-midi, par l'air frais qui venait de la rivière à travers l'écran des fougères jaunies, restait assise à son côté, à le regarder.

J'ai souvent vu des gens regroupés ainsi, dans les prés communaux, les jours fériés. La plupart du temps, l'homme pose un mouchoir sur sa figure pour la protéger du soleil, et la femme s'assoit sur ses talons à côté de lui et surveille, à travers les buissons, le jeu des enfants. Il m'a quelquefois semblé que cela était significatif. Quand, dans un pays catholique, on pénètre dans la fraîcheur humide et odorante d'une église et qu'on voit les fidèles agenouillés, le corps penché avec raideur et retenue, et pourtant avec un certain abandon, comme la volonté se plie devant un dessein qui dépasse l'individu, quand, sous n'importe quel ciel, on voit une mère avec son enfant dans les bras, on se sent le cœur transpercé comme par une épée et on se dit : « Si l'humanité oublie un jour ces gestes, ce sera la fin du monde. » Mais les gens comme moi, qui ne sont pas des artistes, ne sont jamais sûrs de ceux qu'ils ne connaissent pas. Il m'avait fallu attendre cet instant, que mes amis, mon cher Chris et ma chère Margaret, s'enferment dans la paix d'une sphère de cristal pour que je découvre que c'était là ce qu'il y avait de plus significatif et de plus beau au monde. Cela veut dire que la femme a recueilli l'âme de l'homme dans son âme et la garde au chaud et en paix pour que son corps puisse se reposer un moment. C'est un geste admirable de la femme. Je sais qu'il y a des choses tout aussi admirables pour ces femmes à l'esprit indépendant et entreprenant qui s'intéressent à d'autres sujets que le cercle de leurs proches, mais, pour la plupart d'entre nous, l'indépendance n'est pas une préoccupation. Nous désirons posséder la grandeur de ce qui a redonné le sommeil à l'être aimé. Je savais qu'il avait passé de mauvaises nuits à Baldry Court, dans cette nouvelle chambre aux murs vert jade, avec une cheminée en lapis-lazuli, qu'il avait découverte avec surprise à la place de la petite chambre avec des cannes à pêche dont il se souvenait. Mais je n'avais rien pu y faire.

Il ne me semblait pas juste que par sa générosité, aussi fortuite que la possession d'une jolie voix, une femme arrive à donner autant à un homme. Car le sommeil était le moindre de ses cadeaux. Ce qu'elle avait fait en le conduisant hors du cercle magique et tranquille de nos vies, hors de la splendide maison, qui était plutôt une portion d'espace séparée de l'univers, décorée pour être belle, mais aussi pour rendre notre intimité encore plus insolente, hors du jardin où les fleurs mêmes s'efforçaient de pousser comme il convenait et où les bois s'ordonnaient comme des rangées de piliers, tout cela pouvait être mesuré à l'angoisse que j'éprouvais de me retrouver seule. En fait, elle s'était montrée généreuse à l'égard de tous car, à son contact, nos vies avaient trouvé une cohérence ; elle était le fil sobre qui raccommodait nos magnificences éparses et exécutait, en quelque sorte, le motif qui, autrement, ne serait pas apparu. Peut-être même son aspect misérable était-il un élément de sa générosité, car, pour s'accorder au dessin, on doit parfois renoncer à une partie de sa beauté. C'est pourquoi les femmes comme nous ne portent pas de robes affriolantes comme les cocottes, mais s'habillent de vêtements qui, s'ils ne mettent pas tout à fait en valeur, dénotent un sens de l'économie, de la mesure et de la prévoyance. Je pouvais ainsi croire que l'attitude de Margaret, qui avait toujours vécu dans des endroits où il n'y avait pas assez de tout, qui avait été continuellement exposée à la crasse d'une vie misérable, était inconsciemment voulue. La chose profonde et interne qui avait conduit Chris à l'oubli l'avait menée, elle, à la pauvreté pour que le jour venu de leurs retrouvailles il reçoive non le message suave de sa chair, mais celui de son âme. J'appréciais cet acte suprême de sacrifice et me réjouissais du cadeau qu'elle me faisait. Bien que je dormisse mal, je ne faisais plus de rêves. Je ne voyais plus son corps s'abîmer dans cette boue brune et corrompue du no man's land, je ne le voyais plus doucement glisser du parapet vers la tranchée, je n'entendais plus les voix parler dans le néant : « *Aide-moi, mon vieux, je n'ai pas de jambes... – Je ne peux pas, mon vieux, je n'ai pas de mains...* » L'armée ne pouvait plus nous le reprendre. Ce matin même, alors que j'entrais dans la bibliothèque, il avait levé un visage consterné des pages d'une histoire de la guerre. « Jenny, ça ne peut pas être vrai... qu'ils aient fait *ça*... à la Belgique ? Ce drôle de peuple... » Ses souvenirs de soldat étaient aussi profondément enfouis que celui de ce mois d'août détestable. Tant que la magie de Margaret durerait, on ne pouvait pas le renvoyer dans l'enfer de la guerre. Cette femme magnifique et aimable retenait son corps aussi sûrement que son âme.

J'étais tellement reconnaissante que je ne pus m'empêcher d'aller m'asseoir sur la couverture à côté d'elle. C'était une intrusion, mais j'avais envie d'être près d'elle. Lorsqu'elle tourna vers moi ses sourcils froncés, elle ne me sembla pas surprise et me sourit sous la vilaine frange de cheveux fous que le vent avait fait s'échapper du chapeau rigide. Cela faisait partie de son charme, lorsqu'elle ne comprenait pas un geste, elle l'acceptait.

Elle se pencha vers moi, par-dessus le corps de Chris, et murmura : « Il n'a pas froid. Je l'ai recouvert du manteau sitôt qu'il s'est endormi. Je viens de toucher ses mains, elles sont aussi chaudes que des toasts. » Si j'avais murmuré comme elle, je l'aurais réveillé.

Il s'agita bientôt, chercha sa main et appliqua la paume rugueuse sur sa joue. Il était maintenant réveillé, mais ne voulait pas bouger.

Un peu plus tard, elle retira sa main et dit : « Allez, lève-toi, nous retournons à la maison et allons prendre un bon thé chaud. Tu vas attraper la mort, à rester étendu. »

Il lui reprit la main. Il était évident que, pour quelque raison, c'était pour eux un moment d'extase.

Il semblait même que l'air était plus doux dans cette clairière que partout ailleurs dans le monde. Je me levai, m'appuyai contre le bouleau et dis négligemment, en sachant que rien ne pouvait réellement les menacer : « Il y a un docteur qui vient à quatre heures et demie, il veut vous voir tous les deux. » Aucune ombre ne vint troubler leur sérénité. Toujours étendu sur son dos, il me sourit et me salua : « Hello, Jenny. » Elle le força à se lever et à l'aider à plier la couverture. « Ce n'est pas bien de laisser un docteur attendre, en ce moment, déclara-t-elle, avec tout le travail qu'ils ont, les pauvres, depuis la guerre… »

Alors que je menais la marche à travers les bois vers la maison, j'entendis Margaret raconter une anecdote pour prouver le bien-fondé de sa remarque, une histoire qui était arrivée quelque part dans sa rue. J'entendis aussi leurs pas s'arrêter un instant. Je pense qu'elle le regarda si tendrement de ses yeux gris qu'il fut obligé de la prendre dans ses bras.

VI

Lorsque, au coin de la maison, nous rencontrâmes le Dr Gilbert Anderson, je sentis – je m'en souviens avec la pointe de satisfaction que l'on éprouve quand un pressentiment se révèle juste, même celui d'un désastre – une main glacée me serrer le cœur. Je fus tout d'abord surprise par son allure peu professionnelle. C'était un petit homme avec des yeux bleus papillotants, un front plissé et coloré, une maigre moustache grise qui lui donnait l'allure d'un bon chat, et un goût vif pour les cravates à pois. Il n'avait pas cet air détaché qu'affectionnent les praticiens distingués. Il était à la fois plus comique et plus impressionnant que n'importe quel autre docteur, et cette différence était accentuée par l'occupation, inhabituelle, à laquelle il se livrait. Une balle de tennis, qu'il venait de découvrir dans un coin, avait réveillé ses instincts sportifs et il essayait de voir de quelle distance il était possible de l'envoyer entre les deux grosses pierres qu'il avait disposées devant les marches du perron. Surpris dans son jeu puéril, il fut d'abord embarrassé. « Il n'y avait personne – et nous, médecins, n'avons pas souvent l'occasion de respirer un peu, dit-il avec bonhomie, et il se moucha bruyamment dans un immense mouchoir, des plis duquel il émergea en pleine possession de ses moyens. Vous, dit-il à Chris en adoptant naïvement les intonations d'un détective, vous êtes le patient. » Il roula ses yeux bleus vers moi, m'examina attentivement et, se rendant compte que j'importais peu, il se débarrassa de ses impressions inutiles comme un chien s'ébroue hors de l'eau. Il regarda Margaret comme si elle était l'infirmière responsable du malade et lui fit un petit signe de la tête. « Vous êtes Mrs Grey. Je vous parlerai plus tard. En attendant, c'est le tour de cet homme. Je reviendrai. » Il nous désigna la maison d'un moulinet de son bras et s'éloigna avec Chris.

Elle obéit ; ce genre de femme obéit toujours aux ordres des docteurs. Mais je restai un moment à observer ce singulier spécialiste. J'avais envie, pour échapper à mon pressentiment, de le considérer comme un charlatan et, comme le pressentiment persistait, de donner mon congé, comme une servante quitte une maison « parce qu'il s'y passe toujours quelque chose ». Mais comme l'obéissante créature frissonnait en haut des marches dans ses pauvres vêtements – le vent s'était mis à souffler sur les restes de ce bel après-midi –, je m'empressai de la faire entrer dans le hall. Nous nous sentîmes un peu mal à l'aise dans la pénombre qui y régnait.

Comme d'habitude, les vieux lambris de bois ciré semblaient savoir tout ce qui se passait et considérer qu'ils étaient plus vieux et meilleurs que leurs propriétaires; la nymphe blanche se penchait sur les eaux noires de la coupe et rappelait à quel point la vie avait été belle, pure et belle; le chintz chantait la vieille et banale chanson des maisons de campagne anglaises. Margaret regarda autour d'elle et me dit, d'une voix affaiblie par le découragement qu'elle partageait visiblement avec moi: « C'est bien de prévoir tout ce que les autres peuvent désirer et de tenir chaque chose à sa place. J'avais l'habitude de le faire à l'auberge de Monkey Island. Ce n'était pas grand comme ici, bien sûr, mais nos visiteurs revenaient toujours. » D'un air absent et pourtant heureux, elle caressa le fin poli du pied de la table.

Nous entendîmes un bruit au-dessus de nous, semblable au roucoulement d'une colombe. Kitty descendait l'escalier dans une robe de serge blanche, sur laquelle ressortait le rose de ses mains; une femme qui a de si jolies petites mains n'a jamais besoin de porter de fleurs. Elle s'était reprise, et n'apparaissait de son chagrin qu'un léger cerne sous les yeux. Elle était resplendissante. Je savais que c'était parce qu'elle allait voir un homme qu'elle ne connaissait pas et espérait allumer dans ses yeux une lueur d'admiration. Je me mis à sourire en comparant l'idée qu'elle devait se faire du Dr Anderson et l'aimable embonpoint que nous venions de rencontrer. D'ailleurs, cela n'aurait rien changé si elle l'avait vu. Pour être admirées, les belles femmes comme Kitty perdent leur sens, par ailleurs redoutable, de la distinction des classes ; elles sont obscurément conscientes que leur mission dans la société est de briller de tous leurs feux devant les hommes afin de se faire désirer d'eux, de les pousser à devenir riches pour acheter ce qu'elles veulent, et que de ce désir immédiat puissent naître les fruits qui assureront l'avenir. Il y a, vous savez, vraiment de la place pour nous toutes ; chacune a son usage.

« Le docteur parle dehors avec Chris, dis-je.

— Ah ! » soupira Kitty.

Bien que l'occasion fût un peu triste, j'éprouvais un certain plaisir à comparer les visages des deux femmes, si résolus et si différemment beaux, l'un comme une surface polie qui renvoie la lumière, tel un miroir accroché face à une fenêtre, l'autre comme le verre noirci d'une lampe mal entretenue mais dont l'huile brûle encore. Margaret souriait, émerveillée par tant de beauté ; Kitty semblait plutôt réfléchir.

« Comment allez-vous, Mrs Grey, dit-elle brusquement, affichant sa cordialité comme on agite un éventail. C'est très gentil à vous d'être venue. Vous ne voulez pas monter et enlever votre manteau ?

— Non, merci, répondit timidement Margaret. Je dois partir bientôt.

— Oh ! je vous en prie », insista gentiment Kitty.

En fait, elle ne voulait pas que Margaret rencontre le spécialiste avec ces affreux vêtements, et je n'avais pas envie d'aggraver la situation en expliquant que le désastre s'était déjà produit. Je me tournai donc vers Margaret pour lui faire comprendre que son refus pourrait blesser notre sens de l'hospitalité, et elle accepta de se défaire de son imperméable ainsi que je l'avais prévu. Elle me suivit lentement dans l'escalier et le long des couloirs, tel un enfant qui pagaie sur la mer, en été ; elle appréciait le moelleux des tapis sous les pieds, s'attardait devant les tableaux accrochés aux murs, touchait un vase ici et là comme pour s'imprégner de sa valeur. Son esprit était, je pouvais le voir, aussi préoccupé par Chris que le mien, mais elle avait une telle foi en la vie qu'elle conservait assez de sérénité pour profiter de tout ce qu'elle voyait en attendant. Même sa joie était, indirectement, généreuse. Lorsqu'elle entra dans ma chambre, elle rejeta la tête en arrière et poussa une exclamation ; son « oh » d'étonnement me rappela ce que j'avais oublié depuis longtemps, la beauté des proportions de la chambre, la finesse des moulures au-dessus des fenêtres cintrées, le bleu de nuit des rideaux…

« Et toutes ces jolies choses que vous avez sur votre coiffeuse, commenta-t-elle. Vous devez avoir beaucoup de goût. » Cette charité, qui transformait mes richesses en mérites ! Alors que je l'aidais à enlever son imperméable en pensant que Kitty n'allait pas être heureuse de voir que celui-ci dissimulait une blouse violette, de cette étoffe appelée satinette dont les domestiques se servent pour tailler des chemises, elle se mit à faire doucement l'éloge de Kitty. « Je sais que je ne devrais pas faire de remarques personnelles, mais Mrs Baldry est ravissante. Elle a trois jolies lignes autour du cou. Je n'en ai que deux.» C'était la révélation touchante de cette connaissance intime d'elles-mêmes que possèdent les femmes qui ont été aimées. Je n'aurais jamais pu vous dire combien de lignes j'ai autour du cou. Mal à l'aise au milieu de tant de raffinement, elle demanda timidement : « Est-ce que je pourrais m'arranger les cheveux ? » J'avançai une chaise devant la coiffeuse et m'appuyai au dossier tandis qu'assise à l'extrême bord du siège, elle défaisait ses deux longues tresses, si épaisses, si ternes.

« Vous avez de très beaux cheveux, dis-je.

— J'avais de jolis cheveux, déplora-t-elle, mais ces dernières années, je me suis laissée aller. » Elle essaya sans trop de succès de maîtriser les cheveux fous sur ses tempes, puis posa la brosse et appuya sa langue contre ses dents. « Tchk ! J'espère que cet homme ne va pas embêter Chris. »

Je ne pouvais guère la rassurer. J'allai à l'autre bout de la chambre poser son chapeau sur une chaise et restai un moment à lisser les plumes en me demandant si on pouvait les arranger. Mais c'était, comme disent les chirurgiens, un cas inopérable. Je me contentai donc de le regarder sombrement. Je regrettai d'avoir laissé ce docteur interposer son embonpoint entre Chris et Margaret qui, depuis cet après-midi, m'apparaissait non seulement comme une femme qu'il est bon d'aimer mais comme une sainte l'est pour un catholique, un intercesseur dont la mansuétude ne peut être mise en échec que par quelque spéciale et incroyablement malveillante décision de la force suprême. Les yeux fermés, mes mains caressant inconsciemment le chapeau qui était l'emblème de son martyre, je pensais à elle d'une façon qui tenait de la prière quand j'entendis un cri aigu. Qu'elle se mette ainsi à crier, elle qui était toute de patience et de silence… Je me retournai vivement.

Elle était debout et tenait dans sa main la photographie d'Oliver qui décorait ma coiffeuse. Sa dernière photographie, prise une semaine avant sa mort.

« Qui est-ce ?

— Le fils unique de Chris. Il est mort il y a cinq ans.

— Cinq ans ? »

Quelle importance cela avait-il ?

« Oui.

— Mon Dick est mort il y a cinq ans. » Ses yeux s'agrandirent.

« Quel âge avait-il ?

— Deux ans.

— Mon Dick aussi… » Nous respirions très fort, toutes les deux. « De quoi est-il mort ?

— Nous ne l'avons jamais su. C'était un ravissant petit garçon, mais il a toujours été délicat. Il a attrapé un refroidissement et s'est éteint, comme ça.

— Comme mon Dick. Un coup de froid. Nous pensions qu'il allait se remettre, et le lendemain… »

Son terrible geste de regret resta suspendu. Elle semblait sur le point de découvrir quelque chose.

« C'est... c'est comme si..., bégaya-t-elle, ils avaient eu chacun une moitié de vie... »

J'eus envie de la traiter comme on traite une malade, car, c'était évident, seule la soutenait une interprétation mystique de la vie. Mais elle m'avait déjà appris quelque chose. Elle était à genoux et, debout près d'elle, je me demandais pourquoi elle ne regardait pas la photographie de l'enfant, mais la pressait contre son cœur comme pour étancher le sang d'une blessure. Je pensai, comme cela m'était déjà arrivé de le faire, que ceux qui n'ont pas d'enfants en tirent les plus grandes joies. Ce sont, pour nous, de petits bouts d'homme, plus ravissants que des fleurs, qui possèdent un pouvoir sur le cœur. Pour les mères, ce sont des câbles de chair qui les entraînent à des profondeurs de sentiment telles que l'affreux désespoir qui venait d'envahir Margaret. Tout en sachant que je l'aurais accepté de tout mon cœur, parce qu'il venait de son intimité avec Chris, ce désespoir me consterna. Il ne me fit pas seulement souffrir avec elle, il secoua le sol sous mes pieds. En voyant cette sérénité qui, un moment avant, me semblait aussi inébranlable que la terre, aussi enveloppante que le ciel, s'évanouir ainsi, je sentis que j'avais depuis quelque temps sous-estimé la cruauté de l'ordre des choses. Les amants sont frustrés ; des enfants ne sont pas engendrés, qui auraient dû avoir la plus belle des vies, les tristes usurpateurs de leur naissance meurent jeunes. Un tel monde n'a que faire des cercles magiques.

La servante frappa à la porte. « Mrs Baldry et le Dr Anderson vous attendent dans le salon, M'dame. »

Margaret retrouva la maîtrise d'elle-même. Tout en fixant ses tresses, elle rapprocha son visage pâle du miroir. « Je savais qu'il y avait quelque chose », murmura-t-elle, et elle épingla ses tresses de travers. Elle ne dit rien de plus ; mais au moment de quitter la chambre, elle passa doucement la main sur la photographie de l'enfant. Je fus alors convaincue que nous allions perdre.

Dans le salon, nous trouvâmes le Dr Anderson, rond et débordant, se balançant sur ses talons devant la cheminée en jouissant de la caresse du feu sur ses mollets, tandis que Kitty, ressortant comme un bouton de rose blanc, encore trop innocent pour s'ouvrir, sur le dossier sombre de sa chaise en chêne, l'écoutait avec cet air un peu distrait qu'ont souvent les jolies femmes.

« Un cas parfait d'amnésie », était-il en train de dire. Margaret, les lèvres blanches mais beaucoup moins intimidée qu'à l'ordinaire, alla s'asseoir près de la fenêtre. Je m'affaissai sur le sofa. « Son moi inconscient refuse de reprendre contact avec sa vie normale, c'est pourquoi il y a cette perte de mémoire.

— J'ai toujours dit, déclara Kitty d'un air raisonnable, que s'il faisait un effort…

— Un effort ! » Il secoua sa tête ronde. « La vie

mentale qui peut être contrôlée par un effort n'est pas celle qui compte. Quand vous étiez jeune, on n'a cessé de vous bourrer le crâne d'une chose appelée le contrôle de soi – une espèce de barmaid de l'âme qui dit : "La dernière tournée, messieurs", et : "Vous en avez eu assez." Cela n'existe pas. Il y a un moi profond en chacun, un moi essentiel, qui a ses propres désirs. Quand ces désirs sont refoulés par le moi superficiel – le moi qui, comme vous le dites, fait des efforts et en général dans l'unique but de bien paraître, le moi profond se venge. Et dans l'édifice de ses règles de conduite, il envoie une obsession. Mais celle-ci, par une astuce du moi superficiel, qui n'est pas innocent, ne semble avoir aucun rapport avec le désir refoulé. Un homme qui, en réalité, veut quitter sa femme développe une phobie du chou rouge au vinaigre, et cette phobie peut provoquer un comportement qui le conduira tout droit à l'asile. Mais tout ça, c'est de la technique, acheva-t-il d'un ton bourru. C'est mon travail que de le comprendre. Pas le vôtre. En ce qui concerne Mr Baldry, son obsession est qu'il ne peut se souvenir des dernières années qu'il a vécues. Bien. » Ses yeux bleus papillotants nous réunirent dans une communauté que nous étions loin d'éprouver. « De quel désir refoulé est-ce la manifestation ?

— Il ne désirait rien, dit Kitty. Il nous aimait et nous avions beaucoup d'argent.

— Et pourtant si ! » la contredit joyeusement le docteur. Il semblait prendre plaisir à toute l'histoire.

« Il a visiblement oublié sa vie parce qu'elle ne lui convenait pas. Quelle meilleure preuve que ce que vous me disiez lorsque ces dames sont arrivées – le ministre de la Guerre ne vous a pas prévenue quand il a été blessé parce qu'il n'avait pas donné son adresse. Ne voyez-vous pas ce que cela signifie ?

— Il aura oublié, dit Kitty d'un air dédaigneux. Il n'a pas l'esprit vraiment pratique. »

Elle s'était toujours demandé si Chris avait réellement, comme elle le disait, l'esprit pratique ; ses revenus et sa réputation internationale ne compensaient pas son évidente incapacité à emporter les pièces intéressantes lors des ventes aux enchères.

« On n'oublie que les choses que l'on veut oublier. Mon rôle est de découvrir pourquoi il voulait oublier cette période de sa vie.

— Il se souvient très bien lorsqu'il est sous hypnose », s'entêta-t-elle. Elle avait perdu son masque lumineux.

« Oh, l'hypnotisme est une sottise. Il libère une personnalité dissociée – surtout dans un cas aussi persistant que celui-ci – du moi conscient. Je vais tâcher de lui parler, de lui faire raconter ses rêves. » Il rayonna à cette perspective. « Mais vous, vous seriez d'une grande aide si vous pouviez me donner la clé de ses insatisfactions.

— Je vous dis, affirma Kitty, qu'il n'éprouvait aucune insatisfaction jusqu'à ce qu'il devienne fou. »

Il se rendit compte qu'elle commençait à s'énerver. « Ah, dit-il, personne, sauf les dieux, ne peut accuser un autre d'être fou ! S'il y a eu quelque chose, il est évident que ce n'était pas votre faute. » Il adoucit sa déclaration d'un sourire. Mais comprenant qu'il ne lui serait pas facile de faire accepter son travail de dissection, il se tourna vers moi dont l'attitude révélait que la flatterie ne faisait pas partie de mon régime quotidien. « Vous, Miss Baldry, vous le connaissez depuis plus longtemps...

— Rien et tout allait mal, dis-je enfin. Je l'ai toujours ressenti... »

Kitty eut un mouvement brusque qui me confirma dans ma vieille idée qu'elle me détestait.

Il remonta dans le temps plus loin que je ne l'aurais cru.

« Quels étaient ses rapports avec son père et sa mère ?

— Son père était déjà vieux quand il est né, et il fut toujours un peu jaloux de lui. Sa mère était différente de lui. Elle aurait aimé avoir un fils borné qui ne se serait intéressé qu'à la chasse. »

Il laissa tomber doucement une remarque, comme un chasseur tend un piège.

« Il approcha donc le sexe avec un besoin très particulier. »

Ce fut Margaret qui répondit, en raclant ses pieds sous son siège.

« Oui, il avait toujours besoin de se reposer sur quelqu'un. » Nous la regardâmes avec étonnement, elle qui osait dire de telles choses sur notre magnifique Chris. Je vis qu'elle n'était plus pareille à elle-même. Son parler semblait plus franc, son regard plus direct – signe, chez elle, d'exaltation. « Docteur, dit-elle, sa voix douce rendue rauque par l'émotion, à quoi cela sert-il de parler ? Vous ne pouvez pas le guérir. » Elle se mordit la lèvre inférieure et essaya de retenir ses larmes. « Je veux dire, le rendre heureux. Vous ne pouvez que le rendre ordinaire.

— Je vous accorde que c'est tout ce que je peux faire », dit-il. Il semblait bizarrement éprouver le soulagement que l'on ressent à rencontrer un égal, intellectuellement. « Mon travail est de ramener à la normalité les gens un peu égarés. Il semble que le sentiment général l'exige. Quelquefois, je n'en vois pas moi-même la nécessité. »

Elle continua, sans joie : « Je sais comment vous pouvez le ramener à lui. Un souvenir tellement fort qu'il entraînera tout le reste – en dépit de ses insatisfactions. »

Le petit homme perdit en un instant sa belle assurance, sa connaissance des chemins de l'âme.

« Bien, je suis prêt à m'instruire.

— Parlez-lui de l'enfant », dit Margaret.

Le docteur cessa de se balancer sur ses talons.

« Quel enfant ?

— Ils avaient un petit garçon. »

Il regarda Kitty.

« Vous ne m'en avez rien dit.

— Je ne pensais pas que cela était important », répondit-elle. Elle frissonna et sembla avoir froid comme chaque fois que revenait le souvenir de son unique contact avec la mort. « Il est mort il y a cinq ans. »

Il rejeta la tête en arrière, regarda fixement la corniche et dit avec la légère brutalité des gens intelligents vis-à-vis d'un esprit lent : « Ces insatisfactions subtiles sont souvent les plus difficiles à traiter. » Puis il se tourna brusquement vers Margaret. « Comment feriez-vous pour qu'il se souvienne ?

— On pourrait prendre un vêtement de l'enfant, ou un jouet avec lequel ils avaient l'habitude de s'amuser. »

Ils se comprirent du regard.

« C'est vous qui devez le faire. »

Elle accepta d'un signe.

Kitty intervint. « Je ne comprends pas. En quoi cela est-il important ? » Elle le répéta deux fois, rompant le silence que la sagesse de Margaret nous avait imposé.

Le Dr Anderson, rouge, boursouflé, perturbé, agita des clés dans la poche de son pantalon et répondit : « Je ne sais pourquoi, mais ça l'est. »

La voix de Kitty monta de satisfaction. « Oh ! alors c'est très simple. Mrs Grey peut le faire maintenant. Jenny, accompagnez Mrs Grey dans la nursery. Il y a plein de choses là-haut. »

Margaret ne bougea pas et resta assise, ses lourdes bottes reposant sur le bord de leurs semelles. Le Dr Anderson observa le visage de Kitty et s'exclama : « Très bien », puis il se jeta si brutalement dans un fauteuil que les ressorts ripostèrent.

Cela fit sourire Margaret, qui se tourna vers moi. « Oui, accompagnez-moi dans la nursery, je vous prie. » En montant les escaliers avec elle, je savais que cette soumission ne signifiait pas que sa détermination toute neuve était en train de fondre. La respiration que j'entendis, alors que je m'agenouillais devant la porte de la nursery et mettais la clé dans la serrure, venait d'un corps différent, et plus solide. Je ne me demandais pas si elle se sentait triste : dans quelques instants, elle allait sortir et dire les mots qui mettraient fin à son bonheur, qui réduiraient à néant les effets de sa générosité. C'est, hélas, le genre de choses que l'on doit faire dans la vie.

Mais à peine la porte ouverte eut-elle révélé le grand espace ensoleillé où dansaient des grains de poussière qu'elle retrouva son ancienne douceur. Elle entra lentement, intimidée, impressionnée, enchantée, comme si elle recevait cette belle chambre en cadeau ; elle caressa les murs bleu saphir et la ravissante fresque d'oiseaux et d'animaux avec une joie enfantine. Comme, pensai-je, une jeune mariée dans la maison que son époux lui a secrètement préparée. Cependant, alors qu'elle se tenait à côté de la cheminée, les mains reposant sur le pare-étincelles derrière elle, regardant le décor exquis fait pour apporter joie et santé à notre petit visiteur indécis, il me sembla si évident qu'elle était avant tout une mère que je m'étonnai de ne pas l'avoir toujours su. Il arrive parfois que des peintres qui sont restés assez près de la terre pour avoir une vision divine représentent l'assomption de la Sainte Vierge, montrant une femme qui peut mettre Dieu au monde par la simple passion de sa maternité. « Que la vie soit », son corps qui s'élève est un appel au monde et les nuages à ses pieds deviennent des chérubins. Debout, les paumes jointes sous le menton, un sourire béat flottant sur son visage, Margaret lui ressemblait.

« Oh, la jolie pièce ! s'exclama-t-elle. Mais où est le berceau ?

— Il n'est pas là. Ceci n'est que la salle de jeux. Nous n'avons pas gardé sa chambre à coucher. C'est une chambre ordinaire, maintenant. »

Ses yeux s'illuminèrent à la pensée de cette enfance choyée. « Je ne pouvais me permettre d'avoir une nursery avec deux chambres. Cela change beaucoup pour les petites choses. » Elle se tenait au-dessus de moi lorsque j'ouvris le coffre et me mis à fouiller dans les affaires d'Oliver. « Oh, les jolis petits vêtements ! Est-ce elle qui les a faits ? Oh, elle ne devait pas avoir trop de temps, avec cette grande maison dont il faut s'occuper. Mais je ne fais pas attention aux vêtements. Les enfants eux-mêmes n'en sont pas heureux pour autant. C'est pour la parade. » Elle se dirigea vers le cheval à bascule et berça le fantôme d'un enfant. Perdue dans quelque rêve maternel, elle fredonna un moment un air incertain, dans le soleil. « Il devait être trop jeune pour ce jouet, dit-elle. C'est son père qui a dû le lui donner. Je le savais. Les hommes offrent toujours des cadeaux qui ne correspondent pas à l'âge. Ils sont tellement pressés de voir les enfants grandir. Nous, nous préférons que ces amours grandissent lentement. Mais où est sa locomotive ? Il n'aimait pas les trains ? Il n'avait jamais dû en voir, bien sûr. Vous êtes trop loin du chemin de fer. Quel dommage ! Il les aurait aimés. Dick était tellement heureux quand je m'arrêtais avec son landau sur le pont, à mon retour des magasins. Il s'asseyait et regardait passer les locomotives. » Qu'Oliver n'ait pas eu cette humble joie sembla la désoler. « Pourquoi est-il mort ? Vous n'avez pas essayé de lui mettre trop de choses dans la tête ? Il n'a pas appris son alphabet trop tôt ?

— Oh, non », dis-je. Je n'arrivais pas à retrouver les vêtements que je cherchais. « La seule chose qui aurait pu lui fatiguer la tête était les prières que sa nurse écossaise lui apprenait. Et encore, il n'en faisait pas grand cas. Il préférait dire : "Le Seigneur est ma bougie", plutôt que : "Le Seigneur est mon berger"...

— Par exemple ! Les choses qu'ils peuvent dire ! Il avait une nurse écossaise. On dit qu'elles sont très bien. J'ai lu dans les journaux que la reine d'Espagne en avait une. » Elle était retournée vers la cheminée et s'amusait avec les jouets qui se trouvaient sur le dessus. Étrangement, elle ne portait aucun intérêt à ma recherche d'un vêtement particulier ; elle manifestait une exaltation qui jouait de son émotion comme des feux Saint-Elme au-dessus des mâts d'un puissant navire, et cela me parut bizarre. « Tous ces jouets ! Sa nurse ne devait pas les lui laisser tous en même temps. Elle le tenait sans doute devant : "Bébé, tu dois choisir !" et l'enfant disait : "Nounours, s'il vous plaît, Nanny !", en hochant la tête à chaque mot. »

J'avais enfin trouvé ce que je cherchais. Et d'une certaine manière, je le regrettais. Mais les choses devaient être ainsi. « C'est exactement ce qu'il faisait. »

Lorsqu'elle caressa le cuir fin du chien mécanique, son visage se crispa. « J'ai pensé que mon bébé m'avait quittée parce que j'avais si peu à lui offrir. Mais si un enfant peut abandonner tout cela… » Elle pleura doucement comme si les désespoirs nocturnes avaient fait des larmes une réaction aussi instinctive à la souffrance que le gémissement. « Je veux un enfant ! Je veux un enfant ! » Ses bras invoquèrent la vie qui avait été perdue dans cette chambre. « Tout a si mal tourné ! » Sa voix tomba jusqu'à n'être plus qu'un murmure solennel. « Ils ont eu chacun une moitié de vie… »

Je devais la calmer. Elle ne pouvait aller voir Chris ainsi. Elle l'aurait bouleversé, non seulement par les nouvelles qu'elle lui apportait, mais par son désespoir. Je me levai et lui montrai les objets que j'avais trouvés dans le coffre et le placard à jouets. « Je pense qu'il faut prendre ceci. Un des tricots bleus qu'il avait l'habitude de porter. Et cette balle rouge avec laquelle son père et lui jouaient sur la pelouse. »

Son besoin violent de l'enfant qui n'était plus se transforma en tendresse pour celui qui avait été. Elle regarda avec amertume les objets que je lui présentais, puis posa une main aimable sur mon bras.

« Vous avez choisi précisément ce dont il peut se souvenir. Oh, ma pauvre… »

Mais d'elle, je pouvais accepter de la pitié.

Elle prit le tricot et la balle dans ses bras, les berça, puis les rapprocha de son visage. « Je crois que je sais quel genre de garçon c'était. Un petit homme. » Elle les embrassa, plia le tricot, posa la balle sur l'ottomane et les regarda, les yeux pleins de larmes. « Vous pouvez les remettre en place. Je voulais seulement les voir. C'est pour ça que je suis venue ici. »

Je la regardai, étonnée.

« Pour être plus près du fils de Chris, murmura-t-elle. Vous pensiez que j'avais l'intention de les montrer à Chris ? » Elle se tordit les mains, sa voix faible trembla à l'énoncé brutal de sa résolution. « Comment le pourrais-je ? »

Je saisis ses mains. « Pourquoi lui rendriez-vous la mémoire ? » dis-je.

J'aurais dû savoir qu'elle était encore capable de livrer bataille.

Son esprit lent s'anima.

« Soit je n'aurais jamais dû venir, soit vous le laissez tel qu'il est. » Ce n'était pas moi, mais tout le monde hostile et raisonnable qu'elle essayait de convaincre. « Remarquez, je n'étais pas sûre de devoir venir, la seconde fois. Nous étions tous les deux mariés. J'ai prié et lu la Bible, mais on n'y trouve aucune aide. On ne sait pas à quel point on trouve peu de chose dans la Bible jusqu'à ce qu'on en ait besoin. Mais j'ai eu une vie difficile, j'ai toujours fait de mon mieux à l'égard de William, et je sais que rien ne compte plus au monde que le bonheur. Si quelqu'un est heureux, il faut le laisser ainsi. C'est pourquoi je suis revenue. Qu'il soit heureux ! Si vous saviez à quel point il l'était, quand il flânait dans le jardin. Les hommes aiment les jardins. Il pourrait continuer ainsi. Tout peut continuer ainsi, si facilement. » Il y eut comme un doute dans sa voix ; elle ne défendait pas sa cause seulement auprès de moi, mais devant le destin. « Vous ne le laisseriez pas mettre dans un asile. Vous ne m'empêcheriez pas de venir. L'autre le ferait, mais vous ne la laisseriez pas faire. Oh, qu'il reste comme il est…

« Mettons les choses ainsi. » Elle eut le même geste démonstratif que j'avais vu chez des chauffeurs de taxi lorsqu'ils boivent leur thé sous un abri. « Si mon enfant avait été infirme – il ne l'était pas, ses jambes étaient ravissantes – et si les docteurs m'avaient dit : "Nous allons redresser les jambes de votre petit garçon, mais il souffrira tout au long de sa vie", je ne les aurais pas laissés le toucher…

« Je me suis crue obligée de leur dire que je connaissais un moyen. Je pense qu'il aurait été hypocrite de ma part de rester assise là, à ne rien dire. Quoi qu'il en soit, je l'ai dit. Mais enfin ! Je ne peux pas le faire. Aller mettre fin à son bonheur ? Après ce qu'il a enduré, la guerre et tout le reste ? Et il devrait retourner là-bas ! Je ne peux pas, je ne peux pas ! »

Je ressentis un sentiment de bien-être extraordinaire. Tout allait s'arranger. Chris vivrait une interminable vie de bonheur, de jeunesse et d'amour. Son bonheur aurait un caractère définitif qui n'appartient d'habitude qu'aux catastrophes ; il allait être heureux comme une bague jetée à la mer est définitivement perdue, ou comme un homme enterré depuis des siècles est mort.

Cependant, Margaret continuait à dire – et elle m'irrita parce que cela signifiait que la question n'avait pas été réglée : « Je ne dois pas le faire, n'est-ce pas ?

— Bien sûr que non ! Bien sûr que non ! » dis-je, de tout mon cœur.

Mais elle ne m'écoutait plus. Elle regardait pardessus mon épaule. Kitty était là, dans l'encadrement de la porte.

Le port de sa tête avait perdu de son arrogance et de grands cernes soulignaient ses yeux comme des marques de coups. Sa beauté évanouie, elle n'était plus qu'expression de douleur. Elle tenait dans ses bras son pékinois, un animal autrefois aimé et qui avait perdu ses faveurs – il n'avait plus droit à des attentions qu'au hasard des rencontres dans les couloirs. Ses poils bruns répandus sur la robe blanche, il frétillait aux caresses retrouvées. Qu'elle se soit arrêtée pour ramasser le petit animal solitaire était le signe de son profond désespoir. J'ignorais la raison pour laquelle elle était montée, le visage inondé de larmes. Elle ne se doutait pas de notre décision, car elle n'aurait jamais imaginé que nous pussions faire quelque chose qui ne fût pas à son avantage. Elle détestait simplement voir cette femme laide évoluer au milieu de ce qui lui appartenait. Elle ravala ses larmes et s'éloigna, errante, comme son chien, dans le couloir.

Pourquoi donc Kitty, qui était la femme la plus artificielle du monde, par sa seule souffrance nous ramena-t-elle à la réalité ? Pourquoi ses larmes me rappelèrent-elles ce que j'avais su, et que mon amour fou m'avait fait oublier, qu'il faut parfois tremper ses lèvres dans la coupe amère sans quoi nous ne serions pas humains ? Je savais qu'il fallait connaître la vérité. Je savais fort bien qu'une fois adulte, il faut s'abreuver à sa source, même si elle n'est pas d'ambroisie et se révèle astringente, et être en communion avec la réalité. Sans elle nous nous retrouvons aussi handicapés qu'un nain. La soif de ce sacrement avait poussé Chris à éloigner de ses lèvres la coupe de mensonges que les blanches mains de Kitty lui tendaient et à se tourner vers Margaret en lui confiant son amnésie. Mais avec mon aide, elle avait oublié que le premier devoir de l'amour est de protéger la dignité de l'être aimé, de telle sorte que ni Dieu, du haut des cieux, ni le petit garçon qui épie par-dessus la haie ne puissent trouver rien à redire. Elle lui avait offert le bonheur comme un jouet ordinaire. Nous avions complètement négligé son avenir et ignoré, de façon sacrilège, l'essence divine de son âme. Si nous le laissions dans son monde magique viendrait le temps où ses illusions se transformeraient en démence sénile ; où sa joie à la vue de Margaret dégoûterait parce que la bouche souriante serait celle d'un vieillard ; où les yeux ne le suivraient plus avec émotion lorsqu'il irait à la recherche des primevères dans les bois, mais seraient attentifs à ce que personne ne surprenne un vieil homme gâteux. Les gardes-chasse lui parleraient gentiment, puis se taperaient le front du doigt en le voyant s'éloigner dans les taillis, les visiteurs se montreraient pleins de tact devant lui et se lanceraient dans de brillantes conversations. Lui qui était comme un drapeau flottant sur notre tour ne serait plus qu'une sorte de tache excentrique dans le paysage, la noble musique de son être réduite à un sifflotement dans les buissons. Il ne serait plus tout à fait un homme.

Je ne savais comment toucher l'honnêteté de Margaret par cette dernière et cruelle subtilité. Je me tournai vers elle en bégayant, mais elle me dit : « Donnez-moi le tricot et la balle. »

La révolte avait disparu de ses yeux, qui étaient à nouveau pleins de sagesse.

« La vérité est la vérité, dit-elle, il doit la connaître. »

Je la regardai, prise de court mais pas vraiment étonnée, car j'avais toujours su qu'elle ne pouvait pas rester longtemps sans manifester sa droiture, et elle répéta : « La vérité est la vérité. » Elle sourit tristement à cet étrange ordre des choses.

Nous nous embrassâmes, non comme des femmes, mais comme des amants ; je pense que chacune d'entre nous embrassait ce que l'autre avait absorbé de Chris par son amour. Elle serra le tricot et la balle contre son corps, tel un enfant. Arrivée à la porte, elle s'appuya contre le chambranle. Elle baissa la tête, ferma les yeux et pinça les lèvres comme si elle avalait une boisson amère.

Je m'étendis à plat ventre sur le divan et entendis ses pauvres bottes craquer le long du couloir. L'atmosphère funeste, aussi réelle qu'un parfum, qui flottait dans la chambre me ramena à Chris. Malgré l'état de dévotion douloureuse dans lequel je me trouvais au souvenir du fin duvet sur ses joues, de la peau brunie de son visage autour de ses yeux gris, de sa virilité rude et timide à la fois, j'éprouvais un certain réconfort en sachant qu'il possédait cette qualité physique qui, même quand le pire est arrivé, lui permettrait de goûter encore aux joies de la vie. Ses yeux se plisseraient à nouveau et il sourirait de ce petit sourire insolent lorsque le soleil jouerait sur son visage, ou que son cheval sauterait correctement la barrière. Cette pensée me réchauffa un peu. « Nous devons faire du cheval », me dis-je. J'entendis alors le bruit des pas de Kitty sur le parquet ciré, et le froufroutement de sa jupe. Elle s'assit dans un fauteuil. Je fus angoissée par le sentiment – encore plus épuisant qu'une lumière qui clignote – de son inquiétude.

« J'aimerais qu'elle se dépêche. Elle doit le faire, tôt ou tard », dit-elle.

J'en fus paralysée d'horreur. Alors que Margaret était en train de briser son cœur et celui de Chris, assenant les mots, faisant de son mieux...

« Ils ne reviennent pas encore ? demanda Kitty. Vous ne voulez pas voir ? »

Il n'y avait rien dans le jardin. Juste quelques oiseaux voguant au-dessus de la plage verte envahie par le crépuscule.

Longtemps après, Kitty demanda à nouveau : « Jenny, regardez encore. »

Dans le clair-obscur, la terre semblait avoir le vague à l'âme. J'aperçus, sous les branches des cèdres, une silhouette qui serrait quelqu'un, maternellement, dans ses bras. Elle était happée par l'ombre ; dans un moment, la nuit allait la dissoudre. Tournant le dos à son bonheur perdu, Chris traversait la pelouse. Il regardait, par-dessous ses sourcils, la haute maison qui le dominait, comme si c'était le lieu haï où, contre tous ses désirs, il était obligé de retourner. Il fit un pas de côté pour éviter un carré de lumière qu'une des fenêtres projetait sur l'herbe ; les lumières de notre maison étaient pires que l'obscurité, l'affection plus insupportable que la haine. Il arborait un horrible sourire de politesse ; je savais qu'il s'adresserait à nous d'une voix ferme. Il n'avait plus, comme durant tout l'après-midi, la démarche dégingandée du jeune homme, mais celle, résolue, du soldat. Cela me rappela que, quoi que nous représentions, nous n'étions pas le pire désagrément de son retour. Lorsque nous retirerions de ses épaules le joug de nos bras, il retournerait vers les Flandres, vers ces tranchées inondées, vers ce ciel plus chargé de mort que de nuages, vers ce no man's land où les balles tombent comme la pluie sur les visages pourrissants des morts…

« Jenny, ils ne sont pas encore là ?

— Ils sont là, tous les deux.

— Revient-il ?

— Il revient.

— Jenny, Jenny ! À quoi ressemble-t-il ?

— Oh… » Que pouvais-je dire ? « À un soldat. »

Elle se glissa derrière moi à la fenêtre, lorgna pardessus mon épaule et le vit.

Elle aspira profondément, de satisfaction.

« Il est guéri ! murmura-t-elle dans un soupir. Il est guéri ! »

PAPIER À BASE DE FIBRES CERTIFIÉES

Le Livre de Poche s'engage pour l'environnement en réduisant l'empreinte carbone de ses livres. Celle de cet exemplaire est de :
200 g éq. CO_2
Rendez-vous sur www.livredepoche-durable.fr

Composition réalisée par Soft Office

Achevé d'imprimer en janvier 2023 en Espagne par
LIBERDUPLEX
Dépôt légal 1re publication : février 2023
LIBRAIRIE GÉNÉRALE FRANÇAISE
21, rue du Montparnasse – 75298 Paris Cedex 06

20/8402/1